古典文學研究資料彙編

晁補之資料彙編

周義敢
周雷　編

中華書局

圖書在版編目(CIP)數據

晁補之資料彙編/周義敢,周雷編. -北京:中華書局,
2008.8
(古典文學研究資料彙編)
ISBN 978-7-101-04519-2

Ⅰ.晁… Ⅱ.①周…②周… Ⅲ.晁補之(1053~1110)-研究資料 Ⅳ.I206.2

中國版本圖書館CIP數據核字(2005)第001253號

責任編輯:張文强

古典文學研究資料彙編
晁補之資料彙編
周義敢 周 雷 編
*
中華書局出版發行
(北京市豐臺區太平橋西里38號 100073)
http://www.zhbc.com.cn
E-mail:zhbc@zhbc.com.cn
北京瑞古冠中印刷廠印刷
*
850×1168毫米 1/32·6⅝印張·2插頁·131千字
2008年8月第1版 2008年8月北京第1次印刷
印數:1-3000冊 定價:19.00元

ISBN 978-7-101-04519-2

目録

四　清代

序言

晁補之（一〇五三——一一一〇），字無咎，晚號歸來子，宋濟州鉅野（今屬山東）人。他是北宋著名的文學家，蘇門四學士之一。蘇軾稱他「於文無所不能，博辯俊偉，絶人遠甚」，其作品對當時和後世有深遠的影響。

在補之生活的年代，他以能文著稱於世。據《宋史》本傳，元豐二年（一〇七九），他「舉進士，試開封及禮部別院，皆第一。神宗閱其文曰：『是深於經術者，可革浮薄。』」由於皇帝的賞識，補之遂名滿天下，其議論文字在士人中亦風行一時。《王直方詩話》曾記其盛：「元豐中，晁無咎時文有聲，無已以詩戲之曰：『聞道新文能入樣，相州紅纈鄂州花。』蓋是時方尚相州纈、鄂州花也。」王直方及見補之與陳師道，所記當可信。補之著述深於經術，是與他自幼即研讀儒家經典分不開的。他十三歲時在常州從王安國學，王安國是當時名儒。以後又從蘇軾游，學問大進。其《歸來子名緡城所居記》一文，自言平生想做臯陶、傅説、汲黯、劉向那樣的賢臣，雖通曉孫武、吴起學説，然因道不同而棄之不顧。又據《鉅野縣志》、《金鄉縣志》所列邑人書目，補之著有《太極傳》三種、《易學》三種、《春秋左傳雜論》一卷。今晁集僅録《春秋左傳雜論》，餘未存，但從書目可知，補之曾潛心易學，著論甚多。

補之的時文有聲，不僅是因神宗的賞識，更重要的是其文具有很高的藝術價值。他苦讀經書，是爲了提高思想修養和文學修養。蘇籀的《書三學士長短句新集後》一文曾提及此事：「晁南宫平處言近文緩，高處新規勝致。朱絃三歎，斐麗音旨，自成一種姿致。概考其才識，皆内重而外物輕，淳至曠達，學無所遺。水鏡萬象，謝遺勢利，湔祓陳俚，發爲新雅。」(《雙溪集》卷十一)蘇籀是蘇轍的孫子，家學淵源，所云補之學無所遺而胸次自高，道德淳而文字雅，可謂知人之論。補之的好友張耒，嘗言其自少爲文即能追步屈原、宋玉、司馬遷、班固，下逮韓愈、柳宗元，促駕力鞭，務與之齊而後已(《晁無咎墓誌銘》)。黄庭堅亦稱其文似太史公、班固，落落詞高，有秦漢間風味。總之，補之先道德而後文學，博采衆家之長，經過艱苦努力，終於形成了自己温潤典縟的藝術風格。

「風物錢塘《七述》尊，文根經術屏浮言。」清代詩人謝啟昆的這一詩句，説明補之的藝術風格影響久遠。清初的盧世潅曾深入研究《鷄肋集》，稱補之是古文大手：「其爲文也，入手似迂闊滯重，而起伏合脈處妙有會通，筆意所到，洋洋如也。繇其透入古人關紐，故氣局迥別。」(《尊水軒集略》卷七)他對補之文章立意布局的剖析，是頗有見地的。嗣後紀昀寫《四庫全書總目提要》，亦贊賞補之「古文波瀾壯闊，與蘇氏父子相馳驟」，這一評價是相當高的。在清代，對補之古文取批評態度的是林紓，他據宋吕東萊所言，云晁文盡情傾瀉，驟讀之似有聲勢，然氣不内積，遂有直率之病(《春覺齋論文·論文十六忌》)。但從今天看來，晁文的弊病并不在直率，而在經術氣氛太濃，情趣不足。時代變了，過去的長處正好成了短處。現在讀者喜愛的倒是他的游記，如其《新城游北山記》，散文游記中常入選，可謂獨得青睞。

在蘇軾的門下士中，補之亦負詩名，寫詩崇尚漢魏六朝，文集中現存詩歌有六百餘首。張耒稱他：「正始故在何曾忘，夜成《七發》光出囊。」黄庭堅稱他寫詩像何遜、陰鏗，文詞清麗。但這也許是友人酬唱時的溢美之辭，并未得到後人的首肯。自南宋起，人們賞識的是他的樂府詩。胡仔《苕溪漁隱叢話》云：「余觀《鷄肋集》，惟古樂府是其所長，辭格俊逸可喜。」（前集卷五十一）他特別欣賞其《行路難》（贈君珊瑚夜光之角枕），認爲是其代表作。此詩句法受到顧況《金璫玉珮歌》的啟示，但有作者自己的創造。稍後的張侃曾作《跋揀詞》一文，云樂府之壞，始於玉臺雜體，以後流入淫侈。晁補之繼李白、温庭筠之後，變樂府詩爲倚聲。其《漁家傲》、《御街行》、《豆葉黄》被吕祖謙編入《皇朝文鑑》，成爲後人矜式（《張氏拙軒集》卷五）。

直到明清，文學批評界仍然重視補之的樂府詩。楊慎愛其《開梅山》歌，因歌中批評章惇開邊西南，毁獠民良田。自此干戈屢起，勞民傷財（《升庵詩話》卷十）。他還詳細地介紹補之所作的《芳儀曲》。芳儀，南唐國主李璟之女，歸宋後一嫁再嫁，後又爲遼聖宗所獲，封爲芳儀，生一公主。補之聞其事而悲之，作是曲。所寫亡國公主，流落天涯，情節曲折，至情動人。清人鄭方坤、全祖望亦喜此曲，鄭方坤譽爲「掩抑低徊，千秋絶唱」。清代推崇補之詩歌者甚多：周亮工言其「擬古諸作，綽有古調，而近體佳句亦多」（《書影》卷八）。王士禎屢稱其《陌上花》「工妙不減蘇軾之作，堪稱雙絶」（《香祖筆記》卷十二），他如吴之振、紀昀、翁方綱等人，對補之諸體詩均評價甚高。以現代的眼光看，補之詩之所長該是古樂府，胡仔所言，仍爲不易之論。他胸次廣闊，才氣壯逸，采用樂府詩體，更便於盡情抒懷。他自幼即精通音律，寫作樂府，駕輕就熟。

與詩文相較，補之詞的成就最高，他以坦蕩之懷、磊落之氣寫詞，追隨蘇軾。在當時，蘇軾創豪放詞，文人鮮與同調，貶之爲「不能歌，不入腔，不入律」，其門下士陳師道甚至認爲蘇詞非本色當行，成就不及秦觀、黄庭堅。而補之當時指出：「居士詞，人謂多不諧律，然横放傑出，自是曲子中縛不住者。」（《復齋漫録》引）他認爲乃師使詞擺脱舊的樂曲的束縛，使詞成爲獨立的新體抒情詩，是一種新的創造，故從蘇軾寫豪放詞。宋人王灼的《碧鷄漫志》云：「晁無咎、黄庭堅皆學東坡，韻制得七八。」近人張爾田的《忍寒詞序》云：「學東坡者，必自無咎始。」這些評論，均指出補之學蘇頗有成就，符合實際情况。

補之詞的代表作是《摸魚兒·東皋寓居》。此詞作於閑居金鄉時，上片寫退居之樂，周圍景色如畫。下片感時言志，云儒冠誤人，赫赫功名亦不足恃，不如及早歸田里。但字裏行間又流露出官場失意、無法施展抱負的抑鬱心情。黄氏《蓼園詞評》曾記花庵詞客所言：「南宋名儒真德秀極愛賞此詞，云補之真能道急流勇退之志，語意峻切，風調清迥拔俗。」此詞後人和韻甚多，元末文壇鉅子許有壬以此詞首句「買陂塘，旋栽楊柳」爲綺聲，與兄弟、友人相唱和，嗣後將所得編成《圭塘欸乃集》。清乾嘉時著名學者、詞人凌廷堪，曾尋訪許氏圭塘舊址，復用補之原韻唱和。道光時文學批評家劉熙載曾云：「人知辛稼軒《摸魚兒》『更能消幾番風雨』一闋，爲後來名家所競效，其實辛詞所本，即無咎《摸魚兒》『買陂塘，旋栽楊柳』之波瀾也。」（《藝概》卷四）劉熙載論詞注重寄托微婉，認爲晚唐、五代婉約詞風實爲變調，而蘇、辛豪放詞恰返於正途。因此他激賞補之此詞，説是能抒己懷而寓諷諭，辛詞蘊意殊怨，胸中有波瀾，嘗受晁詞的影響。

《洞仙歌·泗州中秋作》亦爲補之的優秀詞篇，也是他的絶筆之作。通篇寫中秋賞月，從天上寫到人間，又從人間寫到天上，最後説「玉做人間」，將天上人間渾然爲一。「玉做人間」，明云月光普照大地，暗含希望人間消除黑暗，像明月那樣晶瑩皎潔。此詞境界闊大，想象豐富，氣勢酣暢奔放，與蘇軾的中秋詞《水調歌頭》差近之。然而蘇詞於廓達澄澈中包蘊着一股内在活力，傾注着非凡的熱情與期待，雖也有悲凉感喟，却執着於人生理想的追求。晁詞所寫景物却略嫌清寂幽冷，流露出飽經滄桑後孤憤怨激的情懷。清末詞學家馮煦云：「晁無咎爲蘇門四學士之一，所爲詩餘，無子瞻之高華，而沈咽則過之。」(《蒿庵論詞》)他曾深入研究蘇、晁等人的詞作，所言可謂言簡意賅。黄氏《蓼園詞評》則贊賞此詞的謀篇布局：「前闋從無月看到有月，次闋從有月看到月滿人間，層次井井。而詞致奇傑，各段俱有新警語，自覺冰魂玉魄，氣象萬千，興乃不淺。」所論亦頗爲精當。

補之詞的題材廣泛，舉凡宦海昇沉、懷古感舊、言志詠物、山景水色等等，皆入其詞。他的詞或藴藉深厚，或豁達豪健，或空靈清遠，突破了「詞爲艶科」的樊籬。他追隨蘇軾之後，發展了豪放詞派。據康熙《欽定詞譜》，補之新創詞調十餘種，創詞調新體三十餘種。在我國詞史上，補之應占有一定的地位。清嘉慶時的方東樹對補之詞取批評態度，他在《昭昧詹言》中云：「補之詞失之繁，氣稍緩。」「補之緩弱平凡，乃開近人蔣士銓一切小才等派。」(卷十二)東樹論詩詞主張命意高，取材富，有生氣，所説補之詞才力有所不足，言之成理。因其寫詞常不避徑直質率，用墨敷盡，或失之繁縟，故未能躋身於詞之大家的行列。然而其詞以氣勢奔放見長，一體貫注，并不緩弱。清末詞學家陳廷焯亦曾評補之詞，其《白雨齋詞話》云：「詞貴渾涵，刻摯不渾涵，終屬下乘。晁無咎《詠梅》費盡氣力，終是不好看。」（卷六）「晁無咎則有意蹈揚湖海，而力又不足。」（卷一）廷焯論詞，以沈鬱爲最高境界，認爲須意在筆先，神餘言外，欲露不露，反復纏綿，儻一直説去，不留餘地，雖極工巧之致，識者終笑其淺。廷焯此論，可謂深中補之詞之要害。

補之最早的文集成於何時，今已難確知。崇寧二年（一一〇三），宋徽宗詔令焚毀晁補之文集印板，可見在此以前晁集已行世。宋高宗紹興七年（一一三七），補之從弟晁謙之蒐集補之遺稿，編成《濟北晁先生鷄肋集》，刻於建陽，共有七十卷。其跋云：從兄於宋哲宗元祐九年（一〇九四），嘗自葺文集，并作自序。晁集或成於此時。嗣後晁公武《郡齋讀書志》、陳振孫《直齋書録解題》均稱晁集爲七十卷。明焦竑《國史經籍志》言補之有《緡城集》八卷、《鷄肋集》一百卷、《濟北集》七十卷（卷五）。其中《緡城集》，可能是選録晚年故鄉閒居時之作，而所云百卷本因語焉不詳，他人亦未提及，内容不得而知。今所傳晁集七十卷，爲明崇禎年間蘇州顧凝遠依宋版重刊本。然據邵懿辰、邵章的《增訂四庫簡明目録標注》卷十五所記，明嘉靖三十三年（一五五四），晁瑮曾重刊宋慶元五年（一一九九）黄汝嘉所刻《鷄肋集》。明陳第《世善堂藏書目録》記有《晁無咎詞》一卷，與《直齋書録解題》所記相同。而毛晉所刻晁詞則題曰「琴趣外篇」，分爲六卷，内情未詳。

清《四庫全書》所收録的晁集爲明顧凝遠七十卷本；所録的晁詞爲毛晉所刊六卷本，易名爲《晁無咎詞》，以區别於歐陽修、黄庭堅等人的《琴趣外篇》。然李盛鐸所藏晁詞四庫底本僅五卷，與正式所刊卷數不同（《木樨軒藏書録》卷四）。民國年間，商務印書館影印明顧凝遠仿宋刻本，爲今常見之晁集。張元濟的《涵芬樓燼餘書録》，曾記見一《鷄肋集》鈔宋本，前後無序跋，所録詩文比晁謙之建陽刻本少三十餘篇，故云：「是建陽初刻之外，必有别本。」元濟所言别有宋本，或即明晁瑮重刊之慶元黄汝嘉刻本。涵芬樓曾印行林大椿晁詞七卷本，與以前卷數均不同。

據道光二十年（一八四〇）刊本《鉅野縣志》，補之還著有《太極傳圖説》七卷，自序本邵雍之學；又有《易元星紀譜》、《易規》二書；又有《傳易堂》一書，記述自漢至宋《易學》之傳授甚詳（卷十五）。同治元年（一八六二）刊本《金鄉縣志》卷十，記補之著有《太極傳》五卷，《因説》一卷，《太極外傳》一卷。上述有關《易學》的著作，或言乃其族弟晁説之所作，但據史料可知，補之於《易》致力頗勤，研討甚深。清人沈曾植云詞話始於晁補之，惜刊本未存（《海日樓札叢》卷三）。刊本雖未存，然其詞話散見於宋人文集，歷來爲人們所反復引用。另外，明胡應麟《少室山房筆叢》屢次提到補之所作《廣象戲圖》，縱横各十九路，棋子用九十八枚。他認爲此圖與司馬光《七國棋譜》相近，實爲宋代圍棋棋局。此二圖是研究圍棋史的珍貴資料。

我們編寫這本研究資料集，是想爲廣大讀者和研究工作者提供方便。在編寫過程中，曾得到北京圖書館、南京圖書館、浙江大學圖書館、浙江省圖書館、安徽大學圖書館的支持和幫助，中華書局文學編輯室張文强先生反復審定原稿，提出不少寶貴的意見，謹此一併致謝！本書的錯失之處至盼專家和廣大讀者指正。

周義敢　周雷　一九八九年八月於安徽大學古籍整理研究所
二〇〇五年十二月定稿於杭州西溪寓所

凡例

一、本書輯集從北宋中葉至「五四」以前有關晁補之研究的資料，内容大致包括：晁補之生平事跡的記述，晁補之作品的評論，其作品和版本的考證，文字和典故的詮釋。本書所輯資料的範圍，包括詩文集、總集、詩話、筆記、史書、地志和類書。

二、本書對古代文獻中重複出現的相關資料，一般採用其中最早或較爲完備者，其後出者，如無新意則不録。晁補之的同時人與晁補之的唱和酬贈之作，一般加以收録，以便我們瞭解其交游的情況。輯集的原則是：宋代部分求全，元明以後取精。他人的詩文而後人誤爲晁補之所作并加評論者，也予輯録，後附按語加以説明。

三、本書資料按時代先後順序排列。同一人名下的資料，其編排次序爲先本集，次其他著作，最後列見於他人著作者。古人所編的綜合性的詩歌評述著作，如《苕溪漁隱叢話》、《詩人玉屑》等，其中引及的各家有關晁補之的資料，均一一分屬於原作者的名下，力求恢復原貌。其中作者甚可懷疑者，附按語説明。

四、本書所收各書的版本，原則上擇其通行可靠者，如無通行本，則採用舊刻本。原書中明顯的誤字，或可確知的闕字，就逕行改正或補足，不加校語。各家所引的晁補之詩文，異處甚多，除明顯錯誤外，也一仍其舊，以供校勘者參考。

一 宋代

王闢之

濟州晁端友，文元公之孫也。沈静清介，君子人也。工文辭，尤長於詩，常自晦匿，不求人知，而人亦無知者。以進士從仕二十餘年，爲著作佐郎以卒。其子補之録詩三百六十篇，求子瞻序之。方子瞻通守杭也，端友爲新城令，與遊三年，知其君子，而不知其能爲詩。（《澠水燕談録》卷六）

蘇軾

【新城陳氏園次晁補之韻】荒涼廢圃秋，寂歷幽花晚。山城已窮僻，况與城相遠。我來亦何事，徙倚望雲巘。不見苦吟人，清樽爲誰滿。（《蘇軾詩集》卷十二）

【書晁補之所藏與可畫竹三首】與可畫竹時，見竹不見人。豈獨不見人，嗒然遺其身。其身與竹化，無窮出清新。莊周世無有，誰知此疑神。

若人今已無，此竹寧復有。那將春蚓筆，畫作風中柳。君看斷崖上，瘦節蛟蛇走。何時此霜竿，復入江湖手。

晁子拙生事，舉家聞食粥。朝來又絶倒，諛墓得霜竹。可憐先生盤，朝日照苜蓿。吾詩固云爾，可使食無肉。（同上卷二十九）

【戲用晁補之韻】昔我嘗陪醉翁醉，今君但吟詩老詩。清詩咀嚼那得飽，瘦竹瀟灑令人飢。試問鳳凰飢食竹，何如鴑馬肥苜蓿。知君忍飢空誦詩，口頰瀾翻如布穀。（同上）

【次韻晁無咎學士相迎】少年獨識晁新城，閉門却掃卷旆旌。胸中自有談天口，坐却秦軍發墨守。有子不爲謀置錐，虹霓吞吐忘寒飢。端如太史牛馬走，嚴、徐不敢連尻脽。徘回未用疑相待，枉尺知君有家戒。避人聊復去瀛洲，伴我真能老淮海。夢中仇池千仞巖，便欲攬我青霞幨。且須還家與婦計，我本歸路連西南。老來飲酒無人佐，獨看紅蕖傾白墮。每到平山憶醉翁，懸知他日君思我。路傍小兒笑相逢，齊歌萬事轉頭空。賴有風流賢别駕，猶堪十里卷春風。（同上卷三十五）

【和陶飲酒二十首并序（選一首）】吾飲酒至少，常以把盞爲樂。往往頹然坐睡，人見其醉，而吾中了然，蓋莫能名其爲醉爲醒也。在揚州時，飲酒過午，輒罷。客去，解衣盤礴，終日歡不足而適有餘。因和淵明《飲酒》二十首，庶以仿佛其不可名者，示舍弟子由、晁無咎學士。

晁子天麒麟，結交未及仕。高才固難及，雅志或類己。各懷伯業能，共有丘明恥。歌呼時就君，指我醉鄉里。吴公門下客，賈誼獨見紀。請作《鵩鳥賦》，我亦得坎止。行樂當及時，緑髮不可恃。（同上卷三十五）

【太夫人以無咎生日置酒留余夜歸書小詩賀上】壽樽餘瀝到朋簪，要與郎君語夜深。敢問阿婆開後閤，

井中車轄任浮沉。（同上）

【晁君成詩集引（節録）】乃者官於杭，杭之新城令晁君君成諱端友者，君子人也。吾與之游三年，知其爲君子，而不知其能文與詩，而君亦未嘗有一語及此者。其後君既歿於京師，其子補之出君之詩三百六十篇。讀之而驚曰：嗟夫，詩之指雖微，然其美惡高下，猶有可以言傳而指見者。至於人之賢不肖，其深遠茫昧難知，蓋甚於詩。今吾尚不能知君之能詩，則其所謂知君之爲君子者，果能盡知之乎？君以進士得官，所至民安樂之，惟恐其去。然未嘗以一言求於人。凡從仕二十有三年，而後改官以没。由是觀之，非獨吾不知，舉世莫之知也。君之詩清厚静深，如其爲人，而每篇輒出新意奇語，宜爲人所共愛。其勢非君深自覆匿，人必知之。而其子補之，於文無所不能，博辯俊偉，絶人遠甚，將必顯於世。吾是以益知有其實而辭其名者之必有後也。（《蘇軾文集》卷十）

【答張文潛縣丞書（節録）】僕老矣，使後生猶得見古人之大全者，正賴黄魯直、秦少游、晁無咎、陳履常與君等數人耳。（《蘇軾文集》卷四十九）

【答李昭玘書（節録）】軾蒙庇粗遣，每念處世窮困，所向輒值墻谷，無一遂者。獨於文人勝士，多獲所欲，如黄庭堅魯直、晁補之無咎、秦觀太虚、張耒文潛之流，皆世未之知，而軾獨先知之。今足下又不見鄙，欲相從游，豈造物者專欲以此樂見厚也耶？然此數子者，挾其有餘之資，而騖於無涯之知，必極其所如往而後已，則亦將安所歸宿哉！（同上）

【答黄魯直五首（選二首）（節録）】某啟。晁君騷詞，細看甚奇麗，信其家多異材耶？然有少意，欲魯直以己意微箴之。凡人文字，當務使平和，至足之餘，溢爲怪奇，蓋出於不得已也。晁文奇麗似差早，然不可直云爾。非謂避諱也，恐傷其邁往之氣，當爲朋友講磨之語乃宜。不知以爲然否？不宣。

某啟。前日文潛、無咎見臨，卧病久之，聞欲牽公見過，所深願也。便欲作書奉屈，而兩日坐處苦一瘡極痛，至今未穴，殊無聊賴。（同上卷五十二）

【答李端叔十首（選一首）】子由近得書，度已至岳矣。……黄魯直、張文潛、晁無咎各得信否？文潛舊疾，必已全愈乎？（同上）

【與趙德麟十七首（選二首）（節録）】人來，辱書。伏審履兹畏暑，起居佳勝，爲慰。見念之深，正如懷仰之意。不肖獨賴晁無咎在此，方憂其去，若果得德麟爲代，真天假老拙也。

某啟。欽服下風，爲日久矣。遲暮相從，傾蓋如故。……某凡百如昨。又得無咎相切磨之，幸德麟替後，想必有殊命。萬一尚未，一來爲無咎交承亦佳，又聞欲寄居此間，可先示諭也。（同上）

【答李方叔十七首（選一首）】比年於稠人中，驟得張、秦、黄、晁及方叔、履常輩，意謂天不愛寶，其獲蓋未艾也。比來經涉世故，間關四方，更欲求其似，邈不可得。以此知人決不徒出，不有益於今，必有覺於後，决不碌碌與草木同腐也。迨、過皆不廢學，可令參侍几硯。（同上卷五十三）

【書晁無咎所作杜輿子師字説後】《易》曰：「君子得輿，民所載也。小人剥廬，終不可用也。」夫君子得輿，下完而上未具也。小人剥廬，上壯而下撓也。下完而上未具，吾安寢其中，民將載之。上壯而下撓，疾走不顧，猶懼壓焉。今君學修於身，行修於家，而禄未及，既完其下矣，故予以是名字之，與無

咎意初無異者。而其文約，其義近，不足以發夫人之志。若無咎者，可謂富於言而妙於理者也。（同上卷六十六）

【書黄泥坂詞後（節録）】余在黄州，大醉中作此詞，小兒輩藏去稿，醒後不復見也。前夜與黄魯直、張文潛、晁無咎夜坐。三客翻倒几案，搜索篋笥，偶得之，字半不可讀，以意尋究，乃得其全。文潛喜甚，手録一本遺余，持元本去。（同上卷六十八）

【書曇秀詩（節録）】予在廣陵，與晁無咎、曇秀道人同舟送客山光寺。客去，予醉卧舟中。曇秀作詩云：「扁舟乘興到山光，古寺臨流勝氣藏。慚愧南風知我意，吹將草木作天香。」（同上）

【温公過人】晁無咎言：「司馬温公有言，吾無過人者，但生平所爲，未嘗有對人不可言者耳。」余亦記前輩有詩云：「怕人知事莫萌心。」此言皆可終身守之。（同上卷七十二）

【跋晁無咎藏畫馬】晁無咎所藏野馬八，出没山谷間，意象慘淡，如柳子厚所云「風鬃霧鬣，千里相角」。然筆法相疎，當是有遠韻人而不甚工者。元祐三年，宋遐叔、張文潛同觀。（見《河東先生集》附録）（同上後附《蘇軾佚文彙編》卷六）

孔武仲

【晁無咎張文潛同校君臣事迹因贈】書省深沉天上居，道貌日與塵客疎。天公恐我太寂莫，更遣兩仙同校書。名臣已去騎箕尾，尚有規模在新史。浩然初若泛滄溟，目眩形勞安得止。興亡治亂略可知，

兩公少壯方施爲。齋房比鄰數相就，聽公傾談勝飲酒。（《宗伯集》卷四）

【晁無咎大硯】玄玉琢爲池，潭潭可容尺。圓侵震澤璞，潤帶端溪色。麟臺讎書御史孫，揮毫應教妙語言。滔滔百丈洪河翻，助寶以泓還馳奔。君王側席明光殿，直言儻有公卿薦。區區邊計不須陳，亦論皇王繼家傳。（同上）

【次無咎凝祥春游三首】芸編校罷始嬉游，池館雖春爽似秋。同舍病郎追不及，喜傳佳句到瀛洲。

浴日池光初炯炯，三春禽語已關關。珍臺閑館波濤接，太液昆明伯仲間。

奉靈池館鏁幽深，遺迹凄凉故老心。維嶽雲車時一下，值疑絲管有來音。（同上卷七）

【留題無咎卧陶軒】南陌塵如霧，北窗清有餘。雖無彭澤柳，已富鄴侯書。晝永禽音緩，門閑馬迹疎。翛然即高枕，嘉興擬溢廬。（同上卷八）

黄庭堅

【以小團龍及半挺贈無咎并詩用前韻爲戲】我持玄圭與蒼璧，以暗投人渠不識。城南窮巷有佳人，不索賓郎常晏食。赤銅茗椀雨斑斑，銀粟翻光解破顔。上有龍文下棋局，探囊贈君諾已宿。此物已是元豐春，先皇聖功調玉燭。晁子胸中開典禮，平生自期莘與渭。故用澆君磊隗胸，莫令鬢毛雪相似。曲几團蒲聽煮湯，煎成車聲繞羊腸。雞蘇胡麻留渴羌，不應亂我官焙香。肥如瓠壺鼻雷吼，幸君飲此勿飲酒。（《山谷詩内集》卷二）

【次韻答晁無咎見贈】翕翕一日炎，耽耽萬年永。四海仰首觀，頃復歸根静。時雨瀉玉除，潢流漲天井。性不耐衣冠，人門疎造請。煮餅卧北窗，保此已徼幸。空餘見賢心，忍渴望梅嶺。（同上卷三）

【奉和文潛贈無咎篇末多以見及以既見君子云胡不喜爲韻（選二首）】龜以靈故焦，雉以文故翳。本心如日月，利欲食之既。後生玩華藻，照影終没世。安得八紘罝，以道獮衆智。

先皇元豐末，極厭士淺聞。只今舉秀孝，天未喪斯文。晁、張、班、馬手，崔、蔡不足云。當令横筆陣，一戰静楚氛。（同上卷四）

【卧陶軒爲晁無咎作】陶公白頭卧，宇宙一北窗。但聞窗風雨，平陸漫成江。卯金扛九鼎，把菊醉胡床。城南晁正字，國器無等雙。日月麗宸極，大明朝萬邦。假版未通班，曉嚴夢逢逢。萬卷曲肱里，胸中湛秋霜。亦有好事人，叩門提酒缸。欲眠不遣客，真處更難忘！（同上）

【以團茶洮州緑石研贈無咎文潛】晁子智囊可以括四海，張子筆端可以回萬牛。自我得二士，意氣傾九州。道山延閣委竹帛，清都太微望冕旒。貝宫胎寒弄明月，天網下罩一日收。此地要須無不有，紫皇訪問富春秋。晁無咎，贈君越侯所貢蒼玉璧，可烹玉塵試春色，澆君胸中《過秦論》，斟酌古今來活國。張文潛，贈君洮州緑石含風漪，能淬筆鋒利如錐，請書元祐開皇極，第入思齊訪落詩。（同上卷六）

【贈高子勉四首（選一首）】張侯海内長句，晁子廟中雅歌。高郎少加筆力，我知三傑同科。（同上卷十六）

【次韻晁補之廖正一贈答詩（節録）】晁子抱材耕谷口，世有高賢踐台斗。頃隨計吏西入關，關夫數日傳車還。封侯半屬妄校尉，射虎猛將猶行間。無因自致青雲上，浪説諸公見嗟賞。驥伏鹽車不稱

情，輕裘肥馬鳳凰城。歸來作詩謝同列，句與桃李爭春榮。（《山谷詩外集》卷六）

【次韻無咎閻子常攜琴入村】士寒餓，古猶今，向來亦有子桑琴。倚楹嘯歌非寓淫，伯牙高山水深深，萬世丘壟一知音。閻君七弦抱幽獨，晁子爲之《梁父吟》。天寒絡緯悲向壁，秋高風露聲入林。冷絲枯木拂珠網，十指乃能寫人心。村村擊鼓如鳴鼉，豆用見角穀成螺。歲豐寒士亦把酒，滿眼飣餖梨棗多。晁家公子屢經過，笑談與世殊臼科。文章落落映晁、董，詩句往往妙陰、何。閻夫子勿謂知人難，使琴抑怨久不和。明光晝開九門肅，不令高才牛下歌。（同上）

【定交詩二首效鮑明遠體呈晁無咎】建酉金爲政，摇落草木衰。除瓜隴畝凈，邵平無米炊。滿家色藜藿，詩書不瞯飢。平生晁公子，政用此時來。定交無一物，秋月以爲期。執持荆山璧，要我雕琢之。破斧不能柯，况乃玉無疵。危冠論百揆，備樂奏四時。成功彼有命，用捨君自知。收身渺江湖，歲晚白鳥嬉。開徑蒲葦中，倚鉏望君歸。開塞乃非道，不才當汝爲。

建鼓求亡子，元非入耳歌。除去緑綺塵，水深山峨峨。滿堂悦秦聲，君獨用此何。平分感秋節，空闊湛金波。定夜百蟲息，高論聽懸河。執攬北斗柄，斟酌四時和。破屋仰見星，得子喜且多。危柱無安弦，野水自盈科。成道在禮樂，成山在丘阿。收此桑榆景，相從寄琢磨。開懷溟海闊，百怪出蛟鼉。閉藏願自愛，驚人取譴訶。（同上）

【贈無咎】金馬避世客，談諧玩漢朝。石門抱關人，長往閉寂寥。絲蟲日夜織，勞苦則以食。竹生罹斧斤，高林乃其賊。匏樽酌吾子，雖陋意不淺。土德貴重遲，水德貴深遠。革能談鯤鵬，晚乃得莊周。

木雁兩不居，相期無待游。（同上）

【二十八宿歌贈别無咎】虎剥文章犀解角，食未下亢奇禍作。藥材根氐罹斸掘，蜜蟲奪房抱飢渴。有心無心材慧死，人言不如龜曳尾。衛平哆口無南箕，斗柄指日江使噫。狐腋牛衣同一燠，高丘無女甘獨宿。虚名挽人受實禍，累棊既危安處我。室中凝塵散髮坐，四壁轟轟見天下。奎蹄曲隈取脂澤，婁猪艾豭彼何擇。傾腸倒胃得相知，貫日食昴終不疑。古來畢命黄金臺，佩君一言等觜觿。月没參横惜相違，秋風金井梧桐落。故人過半在鬼録，柳枝贈君當馬策。歲晏星回觀盛德，張弓射雉武且力。白鷗之翼没江波，抽弦去軫君謂何。（同上）

【送晁道夫叔侄】晁氏出西鄂，世家多藝文。文莊和鼎實，尚書亦大門。簡編自襁褓，簪笏到仍昆。向來映軒冕，頗據要路津。恩勤均骨肉，四海一堯民。無咎晚相見，實爲諸晁孫。智囊似内史，筆力窺漆園。詞林少根蒂，斯人今絶倫。我爲折腰吏，緑綺網蛛塵。傾心得僚友，燕及脊令原。嘉希味同和，弦誦聲相聞。如人逃空虚，見似已解顔。何况金石交，乃其骨肉親。二年吟楓葉，忘我木索勤。行行不忍别，共醉古柳根。樽前猶講學，夏夜衆星繁。念當侍白髮，甘旨共蘭蓀。帆檣灑風雨，波浪出蛟鼉。侍親慎行李，强食加飯餐。革囊走官郵，寄書遠相存。阿四去大農，六典與討論。君到輦轂下，爲問平生言。儻登鄴王臺，多話歸參軍。（《山谷詩外傳》卷十四）

【晁君成墓誌銘】君成晁氏，事親孝恭，人不間於其兄弟之言。與人交，其不崖異可親，其有所不爲可畏。喜賓客，平生不絶酒，尤安樂於山林川澤之間，一世所願。治生諧偶，人仕遇合，蓋未嘗以經意。

生二十五年，迺舉進士，得官，從仕二十三年，然後得著作佐郎。四十有七以歿。君成處陰匿跡，家居未嘗說爲吏。及爲吏極事，事有不便民，上書論列甚武。爲上虞令，以憂去，民挽其舟，至數日不得行。使者任君成按事，并使刺其僚。君成不撓於法，不欺其僚，盡心於所誘，不爲之作槁矢也。任宦類如此，故不達。少時以文謁宋景文公，景文稱愛之。晚獨好詩，時出奇以自見，觀古人得失，閱世故艱勤。及其所得意，一用詩爲囊橐。熙寧乙卯，在京師，病卧昭德坊，呻吟皆詩，其子補之榻前抄得。比終，略成四十篇。蜀人蘇軾子瞻論其詩曰：「清厚深静，如其爲人。」濮陽杜純孝錫狀曰：「哭君成者，無不盡哀。」皆知名長者也。子瞻名重天下，孝錫行己有恥。其於兄弟交遊，有古人所難。補之又好學，用意不朽事，其文章有秦漢間風味，於是可望以名世。君成之後，殆其興乎！故論譔其世出游居婚宦，使後有考。銘詩以嘉其志願，而不哀其不逢。君成，字也，名某。晁氏世載遠矣，而中微。有諱迥者，事某陵，爲翰林學士承旨，以太子少保致仕，謚文元。生子，執政開封，晁氏始顯。君成曾王父諱迪，贈刑部侍郎。王父諱宗簡，贈吏部尚書。父諱仲偃，庫部員外郎。刑部視文元，母弟也。夫人楊氏，生一男，則補之。女嫁某官張元弼，進士柴助，賈碩，陳琦，三幼在室。補之以元豐甲子十月乙酉，葬君成於濟州任城之吕原。其詩曰：

不澡雪以嫮清，不闒墮以徒汙。林麓江湖，魚鳥與爲徒。通邑大都，冠蓋與同衢。制行不羶，人謂我愚。人争也，人謂我非。夫彼棄也，吾趨。彼汲汲也，吾有餘。浮沉兮孔樂，壽考兮不怍。高明兮悠長，忽逝兮不可作。河濁兮濟清，任丘兮佳城。御風兮驂雲，好游兮如平生。深其中，廣其四旁，可

以置守，俾無有壞傷。值松柏兮茂好，對爾後之人。（《豫章黄先生文集》卷二十三）

【書秦覯詩卷後】少章別來踰年，文字亹亹日新。不惟助秦氏父兄驩喜，予與晁、張諸友亦喜交游，間當復得一國士。然力行所聞，是此物之根本，冀少章深根固蒂，令此枝葉暢茂也。（同上卷二十六）

【書韋深道諸帖】往未識晁無咎時，見所作《安南罪言》矢辯縱横，《跋遮曲》典雅奇麗，常恨同時而不相識。其後得相從甚密。今不見遂十五年，計其文章學問皆當大進，恨隨食南北，不相見耳。聞吾友廖明略頗譏評：「無咎作字，不古不今。」所謂女好無定姿，悦目即爲姝，是非特未定也。（《山谷題跋》卷七）

【書和晁無咎詩後與斌老】元符三年十二月，予將發戎州，於百忙中爲斌老書此卷。建中靖國元年正月，斌老遣小使持此來追余於江安縣，曰：「卷尾餘繪，願記歲時其丙寅。」江瀕風静，天日明朗。故爲書數行。斌老爲余以兩幅寫東園病竹，筆意放縱，實天下之奇作。文湖州若在，當絶倒矣！山谷老人書。（同上卷八）

【題蘇子由黄樓賦草】銘欲頓挫崛奇，賦欲宏麗，故子瞻作諸物銘，光怪百出。子由作賦，紆徐而盡變。二公已老，而秦少游、張文潛、晁無咎、陳無己，方駕於翰墨之場，亦望而可畏者也。（《山谷全書》卷六）

【論作詩文（節録）】余自謂作詩頗有自悟處，若諸文亦無長處可過人。余嘗對人言：「作詩在東坡下，文潛、少游上。至于雜文，與無咎等耳。」（《山谷全書》卷十一）

【與李端叔書（節録）】比得荆州一詩人高荷，極有筆力，使之凌厲中州，恐不減晁、張，但公不識耳。方叔

安否？（同上卷十四）

畢仲游

【與晁學士二首】夏序初熱，伏惟起居萬福。某比到汶上，以守憲皆闕，兼領之。又偶有過往，紛紛已甚，故雖懷仰道義，日欲奉狀請候，而應辦目前，遂成稽緩，既悚且愧，不易盡言也。即日推遣職事幸免，未由晤集，伏冀上爲朝倚，精加保衛，以成大用。區區之禱，不宣。

某到官守未幾，遞中伏辱教筆累幅，存撫之厚，見于詞旨，玩味感戢，雖寢飯不忘！繼睹進奏院報狀，恭審有實録檢討之命，繼又聞有史院編修之除，二者雖未知的，然良史才難，今遂屬筆于無咎，有識之士所共喜也！久抑而奮，此特其階爾。俟聞不次之拜，別修賀于左右，伏惟諒察！（《西臺集》卷十一）

【輓晁端友著作二首　其子補之來求】好學五車富，輕財四壁貧。風流漢家令，文物晉詩人。門户青氈舊，窮途白髮新。招魂誰解意，慙愧屈靈均。

試問生何事，清詩七百餘。父兄無舊産，妻子有遺書。散誕謀生懶，高情與世疎。蒼天高莫問，長短竟何如？（同上卷十九）

米　芾

【西園雅集圖記】李伯時效唐小李將軍，爲著色泉石、雲物、草木、花竹，皆絶妙動人。而人物秀髮，各肖其形，自有林下風味，無一點塵埃氣，不爲凡筆也。其烏帽黄道服，捉筆而書者，爲東坡先生。仙桃巾紫裘而坐觀者，爲王晉卿。幅巾青衣，據方几而凝竚者，爲丹陽蔡天啟。捉椅而視者，爲李端叔。後有女奴，雲鬟翠飾，倚立自然，富貴風韻，乃晉卿之家姬也。孤松盤鬱，上有凌霄纏絡，紅緑相間。下有大石案，陳設古器、瑶琴，芭蕉圍繞。坐於石盤旁，道帽紫衣，右手倚石，左手執卷而觀書者，爲蘇子由。團巾繭衣，手秉蕉箑而熟視者，爲黄魯直。幅巾野褐，據横卷畫淵明歸去來者，爲李伯時。披巾青服，撫肩而立者，爲晁無咎。跪而捉石觀畫者，爲張文潛。道巾素衣，按膝而俯視者，爲鄭靖老。後有童子，執靈壽杖而立二人。坐於盤根古檜下，幅巾青衣，袖手側聽者，爲秦少游。琴尾冠，紫道服摘阮者，爲陳碧虚。唐巾深衣，昂首而題石者，爲米元章。幅巾袖手而仰觀者，爲王仲至。前有鬅頭頑童，捧古研而立，後有錦石橋，竹逕繚繞，於清溪深處、翠陰茂密中，有袈裟坐蒲團而説無生論者，爲圓通大師。旁有幅巾褐衣而諦聽者，爲劉巨濟。二人並坐於怪石之上，下有激湍潨流於大溪之中，水石潺湲，風竹相吞，爐煙方裊，草木自馨，人間清曠之樂，不過於此。嗟乎！洶湧於名利之域而不知退者，豈易得此耶？自東坡而下，凡十有六人，以文章議論、博學辨識、英辭妙墨、好古多聞、雄豪絶俗之資，高僧羽流之傑，卓然高致，名動四夷。後之攬者，不獨圖畫之可觀，亦足彷佛其人耳！（《寶晉英光集·補遺》）

陳師道

【晁無咎張文潛見過】白社雙林去，高軒二妙來。排門衝鳥雀，揮壁帶塵埃。不憚除堂費，深愁載酒回。功名付公等，歸路在蓬萊。（《後山居士文集》卷一）

【寄文潛無咎少游三學士】北來消息不真傳，南度相忘更記年。湖海一舟須此老，蓬瀛方丈自飛仙。數臨黄卷聊遮眼，穩上青雲小着鞭。李杜齊名吾豈敢，晚風無樹不鳴蟬。（同上）

【次韻寄答晁無咎】西湖欲雨厨煙滿，風葉倒囊雲覆盌。望湖樓上白頭人，獨倚欄干誰肯伴。獨有詩人記病身，清風千里寄行塵。豪華信有回天力，驚開桃李閑新春。往事不回如過雨，醉夢恍然忘惡語。前在澶州，有讀晁無咎文，編詩因以戲之，無咎今以爲言。人生如幻此何尤，未信黄金貴於土。愛子千篇頃刻成，備將胸腹詫吴人。吟哦怪有芳鮮氣，却被河山識姓名。蘇子瞻詩云：「遊遍錢塘湖上境，歸來文字帶芳鮮。」文章廢退知難強，身外虚華本無望。何曾臨水惜芒鞋，却解逢人拈拄杖。眼根清净塵不留，登伽過盡不回頭。來詩云：「不應越女三年留。」家在中原歸未得，江淮斷道無行舟。兩山相逢翻手疾，欲謀一笑寧無日。却慙懷樸似周人，祇可聞名不須識。（同上卷二）

【楊夫人挽詞晁無咎母】初説南奔道路長，湖邊丹旐已飛揚。百年積慶鍾連璧，十念收功到净方。絳幔未經觀宋母，緑衣猶記識黄裳。欲圖不朽須詮載，今代誰堪著石章。（同上卷四）

【晁無咎畫山水扇】前身阮始平，今代王摩詰。偃屈蓋代氣，萬里入方尺。朽老詩作妙，險絶天與力。

君不見杜陵老翁語，湘娥增悲真辛泣。（同上卷五）

【上晁主客時與無咎對酒及門而閽者辭焉】兩疏父子共含香，不獨家榮國有光。剩欲展懷因問疾，孰知相對只銜觴。年侵身要兼人健，節近花須滿意黄。從此竹林須小阮，只今未可棄山王。（同上卷七）

【送晁無咎出守蒲中】一麾出守自多奇，四十專城古亦稀。解榻坐談無我輩，鋪筵踏舞欠崔徽。的桃作劇聊同俗，遇事當前莫後幾。聖世急才常患少，神宗御筆曰：治世常患難得人才。棧羊釃酒待公歸。（同上）

【書舊詞後】晁無咎云：「眉山公之詞，蓋不更此境也。」余謂不然，宋玉初不識巫山神女，而能賦之，豈待更而知也。余他文未能及人，獨於詞自謂不減秦七、黄九。而爲鄉掾三年，去而復還，又三年矣，而鄉妓無欲余之詞者。（同上卷九）

【與魯直書】師道再啟：……無咎向過此，服闋赴貶所，相從數日，頗見言色。他皆不通問矣。（同上卷十）

晁無咎移樹法：其大根不可斷，雖旁出遠引，亦當盡取，如其横出，遠近掘地而埋之，切須帶土，雖大木亦可活也。大木仍去其枝。（《後山談叢》卷六）

【木蘭花減字贈晁無咎舞鬟】娉婷娜嫋，紅落東風青子小。妙舞逶迤。拍誤周郎却未知。花前月底。誰唤分司狂御史。欲語還休，唤不回頭莫著羞。（《後山集》卷三十）

張耒

【琉璃瓶歌贈晁二】火維荒茫地軸傾，下有積水潛鯤鯨。鰲身翻瀾山爲崩。金烏下啄獰龍騰，狂鬚奇鬣萬族明，巨神日月雙手擎。夸娥愁思烏戢翎，老魚戰死風雨腥。長彗下掃千里驚，淺洲一席塊爲城。蠻兒夷女奇弁纓，大舶映天日百程。怒帆吼風戰飛鵬，舟中之人怪眉睛，獸肌鳥舌髻翹撐。萬金明珠絡如繩，白衣夜明非縞繒。以有易無百貨傾，室中開槖光出楹。非石非玉色紺青，昆吾寶鐵雕春冰。表裏洞徹中虛明，宛然而深是爲瓶。補陀真人一銖衣，攀膝燕坐花雨飛，兜羅寶手親挈携。楊枝取露救渴饑，海師跪請額有胝，番禺寶市無光輝。流傳人間入吾手，包以百襲吳綿厚，擇人而歸今子授。爛然光輝子文章，清明無垢君肺腸。比君之德君勿忘，與君同升白玉堂。（《張右史文集》卷五）

【九江千歲龜歌贈無咎】靈龜千年口不食，以背負牀飲其息。吾家兩龜豈徒不食亦不息，壽與萬古無終極。濟南晁君博物天地通，夜窺牛斗頗似晉司空。指我兩龜有名字，大龜爲九江，小龜號千歲。老龍洞庭怒，蕩覆堯九州。謂半山老人。禹咄嗟，水平流。謂迂叟，一作老客、瘦客。九江無波拍天浮，中有大靈背如丘。南風吹楚澤，蓮葉清欲秀。有物中作巢，一寸立介冑。霞衣仙人鬢如霜，飲以南極之光芒。丹顱老客不相見，飛渡東海巢扶桑。邇來蟠桃枝，有子大如缶。浮游輕於烏，江海一回首。青珊瑚柱碧瑤宮，水仙焚香吹作風。朝戲蓮葉西，暮遊蓮花東。秋風蓮子熟，歸去清江國。小千歲，大九江，我久不見之，向君案前雙。我謂晁君，二物有似我與子，國有守龜吾子是。燦然天下之寶器，黃金之縢紫玉匱。天王端冕史再拜，一逆二從定大事。我身百無用，頗似千歲潛深淵。不願人間貯金藉玉享富貴，但願寄身江上一葉之秋蓮。萬物才不才，用舍不在天。寄聲問晁君，然不然？（同上）

【休日同宋遐叔詣法雲遇李公擇黃魯直公擇烹賜茗出高麗盤龍墨魯直出近作數詩皆奇絶坐中懷無咎有作呈魯直遐叔】休日不造請，出遊賢友同。城南上人者，宴坐花雨中。金猊散香霧，寶鐸韻天風。鳥語演寶相，飯香悟真空。尚書三二客，净社繼雷宗。黄子發錦囊，句有造物功。握中一寸煤，海外千年松。誰降午睡魔，賜茗屠團龍。晁子卧城西，咫尺不可逢。豈無坐中客，終覺少此公。歸帽見新月，撲衫暮塵紅。困眠有餘想，却聽寺樓鐘。（同上卷八）

【晚歸寄無咎二首】雨氣入古屋，薄帷生夜清。想君擁鼻坐，端學苦吟生。泥深欺我馬，歸卧日半楹。浩然有奇想，非子定誰評？

屋東雲移山，屋西日半壁。餘天一劍清，遠雨萬絲白。官事痴可了，未遭官長責。惟應晁夫子，不可别頃刻。（同上）

【贈無咎以既見君子云胡不喜爲韻八首（選四首）】平生懷想人，握手良未易。接君同舍歡，此事非此世。十年淮海夢，一笑相逢地。投分白首期，願言何有既？

賢愚譬觀形，美醜不自見。醫肱待三折，劍鐵要百鍊。磨君古青銅，汰棟寄明辨。一智出千愚，食芹敢忘獻？

文風還正始，磊落有諸君。長者進後生，亦使我有聞。譬如貍與虎，偶使並稱文。終然不可及，困我力空勤。

文衰東京後，特此得韓子。支撑誹笑中，久而化而靡。籍、湜既洒掃，後生始歸市。垂君拯溺手，請效我一指。(同上卷九)

【初伏大雨呈無咎】初伏炎炎坐湯釜，長安行人汗沾土。誰傾江海作清凉，玄雲駕風横白雨。普陀真人甘露手，能使渴乏厭膏乳。且欲當風展簟眠，敢辭避漏移牀苦。清貧學士卧陶齋，壁上墨君澹無語。翰林但解嘲苜蓿，彭宣不得窺歌舞。聯詩得句笑出省，策馬涉泥歸閉户。牀頭餘榼定何嫌，窗外石榴堪薦俎。(同上卷十二)

【贈李德載二首(選一首)】長翁波濤萬頃陂，少翁巉秀千尋麓。黄郎蕭蕭日下鶴，陳子峭峭霜中竹。秦文倩藻舒桃李，晁論峥嶸走金玉。六公文字滿人間，君欲高飛附鴻鵠。(同上卷十三)

【贈晁二走筆約無咎同赴大尹龍圖四丈羔酒之集】昔者與兄城南鄰，未省一日不相親。誰令僦舍得契闊，此事我每愧古人。踰旬寒熱不可説，遍體戢戢生赤鱗。是身非有病亦幻，調御未伏猶酸辛。布衾蒙頭但欲睡，瞥見簷雪如飛塵。豈無杯杓與酬酢，口舌未肯親芳醇。平生相逢百不問，斗酒倒盡纔逡巡。崎嶇行世得皆妄，嵬峨就醉事最真。殘年峥嶸欲無日，晴雲浩蕩已有春。柳黄梅破最佳絶，京兆羔酒仍殷勤。(同上卷十五)

【同魯直無咎遊啟聖】西方金仙千歲身，天上伐木役天人。閻浮檀光照世界，作此無量勝妙因。九龍寶地赤精宅，涌出宫殿壓風輪。化人南來爲守護，震動六種走鬼神。錦幪老人常住世，燕坐説法無冬春。故人蕭公作塵土，白蓮花葉光如新。妙道無邊世眼窄，真心遍通人智貧。可憐端居弊宇宙，幾見疑惑談僞真。簷牙森森鐵鳳啄，殿顔耽耽金獸蹲。官冷何妨近香火，時容勝絶洗埃塵。（同上卷十六）

【同無咎遐叔文叔同遊凝祥得遊字】客子長安塵滿裘，道人門館自深幽。東風拂地千條柳，春水平池數點鷗。俛首一官真底事，倒囊三百更何求。讀書挾策君知否？失性還同博塞遊。（同上卷二十二）

【贈無咎】快哉亭下水連城，落日斷霞相映明。人在捲簾尊俎裏，詩從揮麈笑談生。揚州何遜風流在，江夏黄香句法清。原缺二句。（同上卷二十三）

【和無咎二首】年芳經雨能幾許，客愁得暖不肯融。眼看乳燕行已哺，手種小桃隨分紅。世情付睡莫涇渭，物態逢春無異同。清時賴是未禁酒，須惜紅紫轉頭空。

愛酒苦無阿堵物，尋春奈有主人家。未容黄蜂釀成蜜，已怕惡雨不容花。雲間明月誰可攬，海中蟠桃良未涯。浮名誤人不得脱，黑髮減來那復加。（同上卷二十六）

【贈無咎】欺馬街泥未肯乾，重城含霧曉漫漫。誰令萬屋淋漓雪，猶作長安半夜寒。（同上卷三十）

【出京寄無咎二首】不許多聞長樂鐘，打包旦遇又匆匆。長安城裏誰相識，只有周南太史公。

老去相看情益親，河梁分手欲沾巾。祇應誦得《離騷》賦，長作行吟去國人。（同上）

【漫呈無咎一絶】題扇燈前亦偶然，那知别後遠如天。去年醉舞看花處，獨聽琵琶却惘然。（同上卷三十一）

【晁二家有海棠去歲花開晁二呼杜卿家小娃歌舞花下痛飲今春花開復欲招客而杜已出守戲以詩調之】頗疑蜂蝶過鄰家，知是東墻去歲花。駿馬無因迎小妾，鴟夷何用强隨車。(同上卷三十一)

【和忠臣與文潛無咎對榻夜話達旦詩張耒】燈花昨夜已分明，更聽朝簷喜鵲聲。明日朱門閑空館，秋風駿馬大梁城。(同上)

【祭晁無咎文】惟我與公，交游之義，外雖朋遊，情實兄弟。公生癸巳，我長一歲。平生宦學，何一非是。念初相遇，盱眙逆旅，一見如舊，綢繆笑語。契闊積年，俱職太學，並試玉堂，同升館閣。讀書飲酒，兩各壯年，意氣豪盛，自以無前。公之文章，瑰琦卓犖，割裂錦綉，揮磨矛槊。石渠天禄，典籍之委，過目輒誦，不復再視。我守丹陽，公鎮于齊，行世之艱，坎壈自兹。建中之初，同官于都。相對歎息，蒼鬢斑鬚。我出汝陰，公守于蒲。我負重譴，責居江湖。知公金山，藝圃葺廬。最後聞公，乘太守車，往刺于淮。慶未及書，嗚呼哀哉！九月庚寅，聞訃于陳。驚呼號天，煩冤靡伸。年且六十，非夭之恨。所甚痛者，殲此善人。子素强健，無戾于身。何恙之速，一仆不振，嗚呼哀哉！平生膠漆，永隔亡存。弔不撫棺，窆不哭墳。事也多違，不敢愛勤。聊陳菲薄，侑此一樽。尚想平生，見我歡忻。至悲薰心，言不能文。(同上卷四十五)

【卧病讀韋蘇州詩呈無咎】閑官無吏課，未午省中歸。端居屬微疾，偃卧度秋輝。書帙紛几席，減穀亦清羸。庭花敗風雨，晚蝶弄餘姿。懷公天津語，夢起江湖思。高秋挾楗櫓，一與水神嬉。上去觸墻閾，奮飛有縶維。令人慙髀肉，消盡定何爲。(《柯山集拾遺》卷二)

【對酒奉懷無咎二首】城門失火池魚窮，樹頭風聲酒榼空。雖貧家婦有旨蓄，一一可食不待豐。往來曳杖兩足健，醉後哦詩雙頰紅。最憶南都晁別駕，高歌大笑聲如鐘。

我兄改秩令新昌，相望雖遠同江外。君家兄弟數如我，曹南好在龐眉弟。官微無利沾骨肉，兩處强健差自慰。近來老子還破禪，一女咿啞猶未晬。（同上卷三）

【晁無咎墓誌銘】惟晁氏自漢御史大夫錯而後，不能講其出。國初爲清豐人。真宗皇帝時，有諱迥者，爲翰林學士承旨，謚文元，始徙居開封，或守鉅野。迥之子諱宗慤，爲參知政事，謚文莊。又三世而生公。其諱宗簡，贈特進吏部尚書者，爲皇曾祖。諱仲偃，尚書庫部員外郎者，爲皇祖考。諱端友，贈左朝散大夫者，爲皇考。

公諱補之，字無咎。幼豪邁英爽不群。七歲能屬文，日誦千言。年十三，從王安國于常州學官。安國名重天下，于後進少許可，一見公，大奇之。公從皇考于杭之新城，公覽觀錢唐人物之盛麗，山川之秀異，爲之作文以志之，名曰《七述》。今端明蘇公軾通判杭州，蘇公蜀人，悦杭之美而思有賦焉。公謁見蘇公，出《七述》。公讀之，歎曰：「吾可以閣筆矣。」蘇公以文章名一時，士爭歸之，和一言足以自重，而延譽公如不及，至屈輩行與公交。由此公名藉甚于士大夫間。舉進士，禮部別試第一，而考官謂其文辭近世未有，遂以進御。神宗見之，曰：「是深于經，可革浮薄。」于是名重一時，遂中第，調澶州司户參軍。召試學官，時試者累百，而所取五人，公中其選。除北京國子監教授，又爲衛州教授，未行，除太學正。哲宗即位，右丞李清臣舉公館職，召試學士院，除祕書省正字，俄遷校書郎。以親老求補外，除祕閣校理，通判揚州。有逃卒用貨得户部判，至淮南理逋負，公辨其姦，事既決，一府不敢欺。召爲著作佐郎，又遷秘書丞，又遷著作郎，官制檢討官。于是公爲祕書省官十五年矣。而怡静樂道，未嘗近權要，士論高之，遂知齊州。境有群盗，白晝掠塗人，公默得其姓名，囊橐皆審。一日因晏客，召捕吏以方略授之，酒行未終，悉擒而還。一府大驚，郡爲無警。歲飢，河北民流，道齊境不絶。公請粟于朝，得萬斛，乃爲流者治舍次，具器用。人既集，則又爲具糜粥藥物，公皆躬臨治之，凡活數千人。又擇高原以葬死者，男女異墟。使者頗媢其功，欲有以撓之，既至境□視，乃更嘆服。紹聖元年，朝廷治黨，公亦坐累，降通判應天府。以親嫌通判亳州，復落職監處州酒務。中途丁母憂，毁瘠幾不勝喪服。除監信州酒，公治職事甚力，了無遷謫意。

今上即位，移簽書武寧軍節度判官，賜緋衣銀魚。尋復通判河中府，未行，召爲著作佐郎。俄遷尚書吏部員外郎，除哲宗實録院檢討官，改禮部郎中，又改神宗國史編修官。公皆以非才辭避再三，不允。又力請外官，復留以爲吏部郎中。異日，事有留滯，無究治者，吏緣爲姦。嘗有嶺外尉，捕獲盗八人，法當改官，而考功謂獲盗不同處，曲沮欲壞其賞，吏持之不决。尉客京師久，窘甚，詣公訴之。公憫然曰：「當奏。」即爲上之，七日而得遷官。于是吏畏服，部無留事。俄除知河中府。郡當大河，扼三門，有浮梁，久且壞。公視事，亟欲營繕，有司難之。公乃預爲鳩材，既集，則爲規畫，一日而成。城中歡呼，民爲畫像立祠。徙知湖州，其治如河中。又徙知密州，猶用前。累送吏部，授知果州，不行。因得管勾江州太平觀，又改管勾西京嵩山崇福宮，又管勾南京鴻慶宫。居鄉間，以學行爲鄉人所敬，而尤好晉陶淵明之爲人。其居室廬園圃，悉取淵明《歸去來辭》以名之。其講學至老不廢。大觀四年，由近制詔部，授知達州，未行，擢知泗州。到官無幾何以疾卒，年五十八。

公于文章，蓋其天性，讀書不過一再，終身不忘。自少爲文，即能追考左氏、《戰國策》、太史公、班固、揚雄、劉向、屈原、宋玉、韓愈、柳宗元之作，促駕而力鞭之，務與之□齊而後已。其淩麗奇卓出于天才，非醞釀而成者，自韓愈已還，蓋不足道也。性剛且果敢，勇于爲義。其事親，友兄弟，睦姻族，有人所不能爲者。家素貧，先大父没時，有女未嫁者五人，公力貧營辦，皆以時嫁，爲士人妻。與人交無隱情，見事有不當于義者，必直告人，而受人之盡言，亦未嘗愠也。公既于書内外無所不觀，下至于陰陽術數，皆研極其妙，其禍福往來先言之。卒之夕，有大星殞于州廨之燕寢，人驚視之，公已奄然矣。公少好讀莊老書，通其説。既自以爲未至，學于佛，而求之其心，泰然若有得也。及屬纊，精爽不亂。娶户部侍郎杜純之女，治家教子皆有法，封永嘉縣君。男二人：公爲，公汝。女二人，長適梁頤吉，次尚幼。有文集及著作若干卷。其孤以某年月日葬公任城縣吕村之原，從先大夫之兆。耒與公兄弟交，故其孤來乞銘。銘曰：

矯矯家令，以身殉國。文元雍雍，爲時峻德。凛凛無咎，繼起有赫。束髮墳史，白首翰墨。追古作者，蹈藉淩躒。氣戛星斗，聲韻金石。不施于邦，祇自藻澤。人一之難，公易百千。我原其文，惟質之淳。孝愛忠信，施及鄉人。是獨何虧，一仆莫振？車堅馬良，不得出門。策駑駕朽，道上紛紛。將昌其聲，而嗇其身。嗚呼無咎，萬世之聞。（《蘇門六君子文粹·宛丘文粹》卷二十二）

李昭玘

【無咎哀辭二首】落落孤標氣吐虹，青雲指日黑頭公。兩行粉字平生盡，一曲龍吟萬事空。夾路衣冠如昨日，故園桃李又春風。朱絃雖在知音絶，樽酒今誰笑語同？

才屈千人未易量，妙年文采已飛揚。終身祇得一麾守，後日空留萬丈光。風馭不來成寂絶，玉樓何在隔蒼茫。可堪回首魚峯路，滿崦青松照夕陽。（《樂静集》卷四）

【祭晁無咎文】人初有生，豈獨無死？死而可哀，孰不涕泗？維公人豪，標度翹偉。妙峯千尋，玉海無底。九流百家，遠探旁貫。白羽一揮，傾倒河漢。騁辭流離，躪轢韓柳。人皆仰之，維北有斗。名卿鉅人，未識爲媿。牛童馬走，喜道姓字。海岱千里，翩翩孤騫，中路摧委，垂翅十年。大恩生成，復請試吏。窮陬小壘，直爲貧計。易官淮泗，往綏疲民。坐席猶冷，訃音遽聞。故園來還，三徑掃跡。猿悲鶴怨，松蘭改色。念昔握手，笑語道隅。今拜堂上，憑棺以呼。驪珠沉海，曾嘆遺墨。茂陵殘編，尚寄他日。我有旨酒，魂兮能來。瀉此一觴，莫知我哀！（同上卷八）

【跋孟仲寧畫蓮社圖】舒城李伯時作《蓮社圖》，士大夫傳以爲佳玩，謂可與《輞川》並馳。潁川晁無咎復得遺意，頗加損益，集古名筆，以緡工孟仲寧爲之。曰可曰否，如左如右，獵奇擷妙，變化隨出，雖摩詰復生，恐不能過也。夫意之所詣爲難，了人之意亦非易。伶人吹管，假工捻竅，直肆横出，抗厲厭抑，終不如律。使其心運指應，皆與神會，則無不諧矣。古之任事者，嘗患不得其人爲用，用或非其

人，故余於此畫特有取焉耳。（同上卷九）

【上眉陽先生（節録）】後數年，偶友人晁補之自新城侍親歸，云辱在先生門下，雖疾風苦雨，晨起夜半，有所請質，必待見先生而後去。先生亦與之優游，講析不記寢食，必意盡而後止。晁君氣豪邁，辨博俊敏，下筆輒數千言，紆餘卓犖，馳肆擊斂，各盡其妙。嘗曰：「此文蘇公謂某如此作，此文某所作，蘇公以爲然者也。」又數年，先生罷東武還朝，晁君見先生於京師。既歸，昏夜扣門，開軒置燭，出先生新文十餘篇，促席吟誦。晁君健辭氣，每道先生言語至險絶處，口吃如不快意。須臾風雨暴落，窗撼燭滅，倏忽之間疑有神物。二人者獨把卷，囁嚅怳然，不知心形之俱忘也。某與晁君少同學而齒差長，自知議論智識遠不及，而彼獨聞道於賢先生，赧顏熱中，憤悱交作。（同上卷十）

黄裳

【次魯直烹密雲龍之韻簡無咎學士】北澶車馬來何暮，芹茅池邊失歡聚。昔年權教授於澶州，及無咎至而裳去矣。有分共爲文字遊，却向西郊話今古。人賴聰明多自僞，信厚期君中有主。職事無塵静相對，滿榻詩書香數縷。嚴扃如在柳陰中，緑幄朱簾細風度。紫犀銙破雪花濃，石鼎煎聲遶窗户。準擬七碗邀盧仝，清滌煩襟出新句。共笑先生最貧苦，誤使簾前客相慕。虚名薄利能幾多，裹飯區區來復去。（《演山集》卷一）

李之儀

【跋蘇黄衆賢帖(節録)】少游自以書名，行筆有秀氣。無咎駸欲度驊騮，要亦不凡。睿達特立不群，遂能名家，雖未可入神，蓋可入妙。然未嘗以書經意者，未易窺藩籬也。(《姑溪居士文集》卷三十八)

【跋東坡諸公追和淵明歸去來引後(節録)】予在潁昌，一日從容黄門公，遂出東坡所和，不獨見知爲幸。而於其卒章，始載其後盡和。平日談笑間所及，公又曰：「家兄近寄此作，令約諸君同賦，而南方已與魯直、少游相期矣。二君之作未到也。」居數日，黄門公出其所賦，而輒與牽强。後又得少游者，而魯直作與不作未可知，竟未見也。張文潛、晁無咎、李方叔，亦相繼而作。三人者，雖未及見，其賦之則久矣，異日當盡見之。(《姑溪居士後集》卷十五)

李　廌

晁無咎云：著作職今不修日曆，甚閑，但改教坊判官致語口號等及小祠祭校對祝版爾。

晁無咎言：仁宗時，苑中親作一亭，甚華。仁宗自名之曰迎曙亭。已而寤，乃英宗名也，改之曰迎旭亭。仁宗以旭字未安，又改之曰迎煦亭。皆默符英皇之名、神宗嫌名、今上銜名也。天命符瑞之驗，預有定哉。(《師友談記》)

鄧忠臣

【詩呈同院諸公六首(選三首)】秋日同文館，分場試未齊。借書窮石室，刊字費棠梨。想見英雄彀，誰當甲乙題。喜陪羣彥集，通籍在金閨。自注：屬彥常、彥思、元忠、器之、文潛、無咎。秋日同文館，來游翰墨場。預聞周俊造，多有漢文章。蘭室依新潤，原注：與文潛、無咎、天啟連次。芸書識舊香。逢辰强思報，矯首詠明康。秋日同文館，晨興不待雞。眈書迷甲子，行樂任東西。静對庭柯盼，閒常柿葉題。相期放朝後，連日醉如泥。自注：文潛、無咎、天啓有約。(《同文館唱和詩》卷一)

【夜聽無咎文潛對榻誦詩響應達旦欽服雄俊輒用九日詩韻奉貽】連牀交語響春容，激楚評騷徹曉鐘。繞宅金絲神共聽，滿潭雷雨劍初逢。信知自有江山助，便欲長操几杖從。俱是年家情不淺，依蘭應許丐香濃。自注：先子與張丈職方、晁丈都官同年，忠臣與應之同年。兩家俱有事契。(同上卷四)

【和文潛嘲無咎夜起明燈聽予誦詩】參横月轉與天高，歸士飛心憶大刀。故作楚吟排滯思，吟成風葉更蕭騷。(同上卷六)

【小詩戲無咎】文書盈几法筵埋，香火秋來頗稍乖。得似鹿門携手去，定隨繡佛鎮長齋。(同上)

【與文潛無咎對榻夜話達旦】書窗燈火夜深明，窗外蕭蕭雨葉聲。對榻不眠談往事，絖如五鼓過嚴城。(同上)

【初伏大雨戲呈無咎四首】大明放朝官避暑，長廊脩脩絶塵土。漢家宮殿敞千門，紫閣拖雲灑甘雨。雷軿電笑洗蒸鬱，蕩蕩青天滑流乳。憶昨三年田舍中，六月正服農家苦。豈望生還直舊廬，得見張、晁説新語。初聽鈞天驟竊抃，正似聲聞躩起舞。喜乘初涼與晤歌，不憂庭潦墊垣户。徑携斗酒相就醉，更置雙鯉充君俎。

汗流龜趺如炊釜，蜉蝣飛空蟻運土。眼看纖雲上太清，曾不崇朝八荒雨。金柔火老旱太甚，咀嚼冰雪如餳乳。豐隆列缺及時來，蒼生解除焦焚苦。張侯不辭茅屋漏，倚柱長吟可人語。愛君豪猛爲君和，撫劍悲歌終起舞。城南酒壚醅新潑，不獨黄公當門户。滿沽鴟夷極歡酌，抽摘園蔬供鼎俎。

突洽塵魚生甑釜，十年都城困風土。不辭揮汗過三伏，敗屋怯聽滂沱雨。張侯作詩召清風，渴讀如飲雪山乳。笑我形容太瘦生，我亦悔前用心苦。晁子迭唱亦起予，兩人終日同堂語。奈何拘學技藝窮，跛鱉欲趁驌驦舞。魁然圍腹貯文史，朝來氣爽寬酒户。爲君急置槎頭鯿，縷翠霏紅落雕俎。

神龜不識烹魚釜，生潛深淵長黄土。誰令誤落魚網中，白晝冥冥作雷雨。嗟予幡然別舊隱，空巖無人滴鍾乳。松菊滿山胡不歸，顧同妻子忍攻苦。長歌漫漫何時旦，起坐中夜私自語。茅茨十九漏如澠，誰知華堂醉歌舞。山中吾廬歸去來，峯插翠玉朝南户。注目操刀必割時，尸祝何煩越樽俎。（同上卷七）

【曹子方用釜俎字韻賦詩見遺予洎張文潛晁無咎蔡天啓因以奉酬并示四友】長愛陳思詠其釜，幾年不見徂南土。朅來相逢翰墨場，夜窗共聽空階雨。躍馬蔡卿能醬肥，好書張侯期飲乳。晁令知從博士遷，智囊不厭傳經苦。于兹邂逅如夙契，睠我劬勞勤晤語。詩成乍變龍虎文，筆落更驚鸞鳳舞。我將隱遁山林姿，公等整頓乾坤户。分同斥鷃搶榆枋，難使犧牛登鼎俎。（同上卷八）

【敬次無咎來韻抒寫素懷兼呈文潛天啓伯時仲遠】梁宋吴楚各異方，交情一契不相忘。況乃顔色瓊枝芳，石渠金馬從諸郎。我從瀟湘烟水長，江湖飫見山色蒼。扣舷弄月浩歌狂，朅來濫吹崇賢堂。儲胥乍駭緑沉槍，擊鼓震讋庸蜀羌。爰居受饗謀非臧，悔辭卑飛斑竹崗。終日獺祭書繞牀，故山秋菊英可糧。西風夢掛南斗旁，翠虬絳螭交首驤。坐看樓闕照天隍，壯心鬱律軍騰裝。弢弓卧甲氣不揚，揮斤欲斲獿人亡。劍價倚待風胡償，雲間邂逅得智囊。洞庭鈞天奏帝鄉，慷慨奮擊萬夫行。天路滅没飛驌驦，張侯同聲羽應商。蓬萊方丈屋連房，海口瀾翻議百王。太乙下照青藜光，要我挾槧弄鉛黄。四庫顛倒翻芸香，蔡卿來自安西涼。慨慕玉關歸獻觴，同官李柳並翱翔。鸞和節奏聲央央，誰其力薦慰所望。九閽白日無雪霜，垂光虹霓急草章。沉冥清遠兩蜀莊，人間勢利本不忙。麒麟鸑鷟國珍祥，每恨官隔西掖牆。可使簸揚挹酒漿，不似箕斗名虚張。（同上卷十）

曹輔

【慎思屢以佳篇見貽且俾屬和而衰老困于强敵輒爲詩以謝之兼簡無咎文潛天啓】鄧侯清骨如冰瘦，少日文章苦用心。賦罷吹噓因狗監，詩成傳誦到雞林。陽春白雪無凡曲，流水高山有至音。更唱自存三益友，老來衰病廢長吟。（《同文館唱和詩》卷五）

【和文潛嘲無咎夜起明燈誦予詩】秋風落盡千林葉，恰似并州快剪刀。香冷洞房歸未得，一窗明月讀《離騷》。（同上卷六）

【呈鄧張晁蔡】都城薄禄才三釜，白髮朱衫污黄土。九人同日鎖重闈，一夜濤聲卷秋雨。投身雖喜豪俊窟，刺手如逢虎方乳。鄧侯相逢十載後，清骨巉巖詩思苦。張、晁自是天下才，黄卷聊同聖賢語。蔡子彎弓欲射胡，拔劍酒酣時起舞。何當聯袂上霄垠，速致時康開外户。病夫行矣老江湖，容我倘徉載樽俎。（同上卷八）

【次韻無咎戲贈兼呈同舍諸公】少年落魄走四方，看山聽水興難忘。深林誰復知孤芳，十載江湖稱漫郎。紫溪風月幽思長，緑水如鏡烟蒼蒼。追隨豪雋多清狂，春風爛醉胥山堂。下瞰群峰聳如槍，吴儂棹歌笛靈羌。攀蘿捫壁疲獲臧，經旬選勝行齎糧。客兒經臺倚高岡，共卧明月吟胡牀。投身忽落崑崙傍，征西萬馬隨騰驤。官軍夜半填賊隍，食盡師老催歸裝。將軍數奇漫鷹揚，斬捕不能酬失亡。曲突徙薪語莫償，幕中病客非智囊。扁舟夷猶憶吴鄉，晁侯平日丈人行。生駒今如見驌驦，伯樂一盼過老商。恐是稟質蒼龍房，尤工吴語放降王。叔敖抵掌對燭光，秋英落盡金鈿黄。玉甕浮春醅潑香，九天廣樂來新凉。笑談聊此共一觴，天街六翮將翺翔。正值羿彀遊中央，我老委翅無復望。洞庭橘熟千林霜，行當拂衣解銀章。買取百花洲畔莊，世外日月何曾忙。翛然一室生吉祥，車馬還能過我牆。夜具茗飲與柘漿，更看君詩雲錦張。（《同文館唱和詩》卷十）

蔡肇

【詩呈同院諸公三首（選一首）】諸彦聯翩入，斯文迤邐回。滔滔引溟漲，爛爛繚巖隈，自注：此屬文潛、無咎。無咎時病目。此地身拘窘，他時心往來。倡酬真有味，顧我獨非才。（《同文館唱和詩》卷一）

【次韻慎思貽无咎文潛誦詩】卧聽高齋落葉風，清詩交詠想晨鐘。故人厚意論千載，正始遺音僅一逢。膠漆初期在俄頃，雲龍莫恨不相從。芸房深鎖秋香冷，鬱鬱葱葱佳氣濃。（同上卷五）

【小詩戲答無咎】吴山楚水未忘懷，暮雨朝雲恨已乖。縱免摩伽能毁戒，未妨澤室會千齋。（同上卷六）

【和鄧忠臣與文潛無咎對榻夜話達旦】窮秋天氣少晴明，雨葉風窗夜夜聲。應爲幽人聽未足，不教驄馬出重城。（同上）

【和文潛初伏大雨戲呈無咎】城中鼎食排翠釜，羊胛駝峰賤如土。青衫學士家故貧，斗米束薪炊濕雨。縱横圖史照屋壁，呫囁詩騷從稚乳。省中無事騎馬歸，雨聲一洗茅簷苦。急呼南巷同舍郎，聽我臨風有涼語。且貪青簡事文章，未有黄金買歌舞。往來詩卷牛腰許，太羹玄酒並在户。吾詩老澀邀使前，政坐可口收鞎俎。（同上卷七）

【敬用無咎學士年兄長韻上呈子方太僕】兩河郡縣淪西方，西人思漢今未忘。果園蕪没白草芳，靈州乃赫連勃勃果園。旃裘戲馬誰家郎。車箱峽口澗谷長，旄頭倒掛回穹蒼。王師西出討猘狂，六花蔟壘來堂堂。前鋒鋭頭臂兩槍，伏姦謹索收生羌。天聲隱轔摇姑臧，奇兵繚背繼饋糧。決河有聲如壞岡，城頭擊鐘聲殷牀。萬里幾欲漂無旁，雖有伉健誰騰驤。一夫不敢陵彼隍，馬首欲東促歸裝。緘胸有策鬢眉揚，歸來恍恍若有亡。劬勞累日何由償，戰鞍挂屋尋書囊。目隨飛鴻思帝鄉，彭城老將官橫行。幕中市駿收驌驦，射堂兩部奏清商。應弦破鏑如蜂房，笑談斥土羈名王。畫圖遣奏朝明光，詔書留典真乘黄。錦韉玉勒春風香，平池老柳高雲涼。神駿在目豪吟觴，跨下躞蹀驚龍翔。皇居九衢天中央，我時項背聊相望。西城九月天隕霜，夜談關塞評文章。微言竊比惠與莊，和詩禿筆覺我忙。祝君韜養壽且祥，功名有來成堵牆。勿憂寒暑敗肉漿，韔弓箙矢用則張（《同文館唱和詩》卷九）

余幹

【詩呈同院諸公三首（選一首）】秋日同文館，官寮許暫依。衛軒留鶴住，楚澤滯鴻歸。木選山中勝，珍求世上稀。清時方物貢，寧在篋中璣。（《同文館唱和詩》卷一）

【未試即事雜書率用秋日同文館爲首句三首（選一首）】簾幕深常閉，門庭閴未開。愁將河女隔，喜見月娥來。騷客吟冰柱，仙官醉玉杯。蹇修那可得，笑齒竟誰媒。（同上卷二）

【和曹子方呈鄧張晁蔡】可畏日輪如赤釜，賴有羣仙司下土。稍從寥廓踊濃雲，旋向塵埃灑甘雨。松蘿既女更施澤，山木欲童俄得乳。馬牛暫息要途勞，魚鱉頓舒炎海苦。野鶴那虛屋上鳴，穴貍不繆山中語。清風豈假白羽摇，輕汗寧沾翠綃舞。已憐爽氣滿襟袖，更喜餘霞照庭户。後朝便是閱英才，爲指帡幪設千俎。（同上卷八）

【次韻贈無咎學士】毗陵城如金斗方，往事歷歷那能忘。相逢童子佩蘭芳，秀發人指誰家郎？未幾重見突而長，即今不覺秋蓬蒼。嬉笑豈復爲兒狂，追昔宓子初登堂。辭鋒峭拔森刀槍，器識沉遠包氐羌。陽秋寧肯露否臧，有子遊學先聚糧。相將百里陟岵岡，邂逅一揖坐僧牀。大辯傾注如無旁，天馬方謂先騫驤。觀魚誰復駐濠隍，瓜期受代垂趨裝。當路奏牘交稱揚，行將超擢奄云亡。坐令志氣不得償，傳家豈託錢一囊。諸兒經行名州鄉，挾書繼踵諸父行。旋見天衢飛驌驦，論治直要超周商。術卑效淺笑杜房，況是亭運遭興王，致君紹祖邦家光，何止追考歸焚黄。邃庭朝露明芸香，異書滿閣秋氣涼。詠歌間成隨豆觴，讀之如欲凌雲翔。暫迂大手離未央，案：此下原闕「望」字韻一句。挈篋來寄深閨霜，賓興賢能視文章。尊尚周孔摩韓莊，搜奇殆有通夕忙。英遊疑動聚星祥，我歸復翳環堵墻。世味已能如飲漿，羲皇上人琴一張。（同上卷十）

晁説之

【河中府追懷亡二兄及思永興十二弟】表裏山河季布州，我家兄弟憶同遊。芸香寂寞空青冢，二兄學士嘗守此郡。絳帳飄零欲白頭。十二弟爲此郡教授。羈旅即今無好語，登臨自古有高樓。頗聞酬唱西巖在，闕里諸孫添我愁。兄弟在此郡時，孔毅甫提點刑獄，多唱和。（《嵩山文集》卷六）

編者按：二兄指晁補之。

【延安江漢堂上懷范五丈龍圖堂是五丈所建】煌煌斗柄垂南北，浩浩斯人江漢堂。横吹三川星月遠，雅

歌九姓暮天長。頗聞病後精神好，最是秋來飫食强。誰識得名因伯氏，飛鴻送盡更茫茫。堂名本是亡兄無咎於慶州所命。（同上）

【前史官知河中府晁無咎畫像贊南京】壯年高標今日見兮，誰識幼時之奇童。默然不可問於兹兮，嗟昔辯翻濤而聲懸鍾。凛然端笏若抗議於朝兮，曾不得斯須登金門以獻厥忠。爛然文章溢世以振頹俗兮，史筆欲落而屢貶以終窮。恪管庫而肅郡國之可考兮，九州總總不爲我功孰爲史氏。姑以我文苑著兮，猶足高乎華嵩。（同上卷十八）

【跋無咎兄所作李季良字叙】説之獲觀季良父詩後數日，觀此序重增歎息。建炎二年戊申三月九日海陵旅次。（同上）

【邢惇夫墓表（節録）】惇夫卒於元祐二年二月八日尚書公謫隨州時。尚書公親問其所欲，於垂絶之際無他，唯曰：「乞黄魯直狀兒平昔，以累孫莘老銘之。有不肖之文存焉，則晁無咎宜爲序。」其後余兄無咎《題惇夫南征賦》曰：「昔杜牧不敢序李賀，矧吾惇夫年未二十，文章追配古人，充其志非肯爲賀者。雖然，豈敢負其將死之託耶！」（同上卷十九）

鄒　浩

【王景亮携晁無咎清美堂記來求詩爲賦此一篇（節録）】先生不出二十年，幅巾種樹老盧泉。盧泉水木清且妍，築堂流水茂樹間。晁侯作記筆如椽，畫欄素壁青瑶鐫。明珠白璧光射天，先生矜詑喜欲顛。

春歸野岸緑漪漣，青山東缺如斷環。雪消風軟山蒼然，杏梢紅破臙脂寒。先生醉狂夢思山，自駕草車東塵編。上堂讀書門畫關，金徽朱絲弄猗蘭。（《道鄉集》卷一）

趙令時

晁無咎云：司馬温公有言：「吾無過人者，但平生所爲，未嘗有對人不可言者爾。」東坡云：「予亦記前輩有詩云：『怕人知事莫萌心。』此言予終身守之。」（《侯鯖録》卷三）

晁無咎言：晏叔原不蹈襲人語，而風調閑雅，自是一家。如「舞低楊柳樓心月，歌盡桃花扇底風」，自可知此人不生在三家村中也。（同上卷七）

無咎云：張子野與柳耆卿齊名，人以爲子野不及耆卿富，而子野韻高，是耆卿所乏處。（同上卷八）

無咎云：比來作者皆不及秦少游，如「斜陽外，寒鴉數點，流水遶孤村」，雖不識字人，亦知是天生好言語也。（同上）

晁謙之

【濟北晁先生雞肋集跋】從兄無咎平日著述甚富，元祐末在館閣時，嘗自製其序。宣和以前，世莫敢傳。今所得者，古賦騷辭四十有三，古律詩六百三十有三，表啟雜文史評六百九十有三。自損館舍，逮今二十八年，始得編次爲七十卷，刊於建陽。紹興七年丁巳十一月旦日，弟朝奉郎權福建路轉運判官

謙之謹題。(《濟北晁先生雞肋集》後附)

吴幵

【緑楊樓外出秋千】晁無咎評樂章歐陽永叔《浣溪紗》云：「『堤上游人逐畫船，拍堤春水四垂天，緑楊樓外出秋千。』要皆絶妙，然只一『出』字，自是後人道不到處。」予按唐王摩詰《寒食城東即事》詩云：「蹴踘屢過飛鳥上，秋千競出緑楊裏。」歐公用「出」字蓋本此。(《優古堂詩話》)

周行己

【晁元升集序(節録)】行己應舉開封，幸中有司之選，而無咎實主文事。是歲，元升亦自濟來赴禮部，因得相親，遂同登辛未進士第。今行己、元升爲同年，于無咎爲同第子。使行己其初不聞文玉之誦，則行己雖出無咎之門，而亦不知有元升；使行己終不出無咎之門，則元升雖與行己同年，而亦不知有行己。固知人之相知，非偶然也。(《浮沚集》卷四)

王直方

【晁無咎時文】元豐中，晁無咎時文有聲，無己以詩戲之曰：「聞道新文能入様，相州紅纈鄂州花。」蓋是時方尚相州纈、鄂州花也。晁堯民子損之云。(《王直方詩話》)

【至寶丹】晏叔原小詞云：「舞低楊柳樓心月，歌盡桃花扇底風。」晁無咎云：「能作此語，定知不住三家村也。」(同上)

【題高軒過圖】宗室士暕字明發，喜作詩與畫，嘗爲《高軒過圖》。張嘉甫題云：「顧長康善畫而不能詩，杜子美善作詩而不能畫，從容二子之間者，王右丞也，若明發蓋右丞之季孟云。」晁無咎亦題云：「嘉甫謂顧長康善畫而不能詩，杜子美能詩而不能畫，明發兼此二勝，可在摩詰季孟間。余以畫及詩信嘉甫之知言。」晁以道見之，謂余：「能畫而不能詩，乃可以爲病，豈有能詩而必又能畫耶？『夏雲多奇峰』，乃長康句，謂不能詩可乎？嘉甫既易於立論，而無咎又便抑之，大抵皆讀書少之過。」(同上)

【山谷茶詩腸字韻】山谷有茶詩押腸字韻，和者已數四，而山谷最後，有「曲几團蒲聽煮湯，煎成車聲入羊腸」之句。東坡云：「黄九怎得不窮。」故晁無咎復和云：「車聲出鼎細九盤，如此佳句誰能識？」(同上)

【黄魯直楚詞律詩】龜父云，朋見張文潛，言魯直楚詞誠不可及。晁無咎言魯直楚詞固不可及，而律詩，補之終身不敢近也。(同上)

【蘇黄詩咏醉眠事】東坡題《李秀才醉眠亭》詩云：「君且歸休我欲眠，人言此語出天然。醉中對客眠何害，須信陶潛未若賢。」山谷《題晁無咎卧陶軒》亦云：「欲眠不遣客，佳處更難忘。」其意極相類。(同上)

【拾得吹來句】東坡云：「余在廣陵與晁無咎、曇秀道人同舟，送客山光寺。客去，余醉卧舟中。曇秀作詩云：『扁舟乘興到山光，古寺臨流勝氣藏。慚愧南風知我意，吹將草木作天香。』予和云：『鬧裏清遊似隙光，醉時真境發天藏。夢回拾得吹來句，十里南風草木香。』」（同上）

【蘇王黄秦詩詞】東坡嘗以所作小詞示無咎、文潛曰：「何如少游？」二人皆對云：「少游詩似小詞，先生小詞似詩。」（同上）

【晁無咎贈曹子方句】曹輔字子方，嘗爲省郎，交遊間多以爲有智數者。故晁無咎贈詩有「兵甲胸中無敵國」之語。（同上）

許景衡

【與晁無咎】伏自去違，墻闆缺然。巾履之役，積年於此。永惟平昔采拾，眷記之重，夙夜頌詠，不知自已。而身賤迹遠，修敬姓名，久不聞將命，自取譴絶，殆不知所以丐察於門下者。恭維至仁大度，浸無疏昵之擇。若某之鄙，實倚終始存全之。雖負荆前請，勢未易前，拳拳私誠，輒布於此。伏惟恩門有以諒之而已。（《横塘集》卷六）

伏審比以盛德偉望，入冠三館十年，蒨物誠未足爲門下。賀然天方，假此以爲台柄之階。是以四方士民，鼓舞訢戴，自幸康濟之澤，朝夕我及。矧夙被品，目者願頌之私，宜如何哉！伏惟傾循氣叙，眠食加練，爲廟朝自重，以慰海内之望。（同上）

某竊惟先生直道雄文，取乎當世，揆日滋久。比偶時變，凶人得路，公肆姦巧，使夔契偉業，歛寄湖海，而嗷嗷赤子，無以自生。然祆氛戾氣，豈能掩日星之焯然者哉！幸聖政一新，屬意人物，汲汲如弗及。比觀除目，少契士論，然總而論之，莫先我公。則發揮藴積，收功太平，宜無爽此時矣。（同上）

某伏自幢節屈臨亳社，嘗數奏記左右。其後困躓海隅僻左，少還往，竟不知使從寓留何地，以是不獲時往問牘，但拳拳念德之悃，不能自置耳。兹者恭審鋒車已達闕下，輒勤叙嚮往，仰達執侍者，竊幸矜貸。（同上）

某向者竊尉黄巖，偶管庫失察，應答踰年。比少定，而不孝得罪天地，先子棄世，孤露待盡苦塊，偶未死，猶及見老成。倩德進陟朝右，摧裂余息，於是自慰。然迷塞叙誠，言多闊略，冀有以諒此。（同上）

惠　洪

【跋謝無逸詩】臨川謝無逸，布衣而名重搢紳，於書無所不讀，於文無所不能，而尤工於詩。黄魯直閲其與老仲元詩曰「老鳳垂頭噤不語，枯木查牙噪春鳥」，大驚曰：「張、晁流也！」陳瑩中閲其贈普安禪師詩曰「老師登堂撾大鼓，是中那容啬夫喋」，歎息曰：「計其魁傑，不減張、晁也。」二詩於無逸集中未爲絶唱，而陳、黄已絶倒無餘，惜其未多見之耳。然無逸又喜論列而氣長，詩尚造語而工，置於文潛、補之集中，東坡不能辨。文章如良金美玉，自有定價，殆非虚語也。（《石門文字禪》卷二十七）

【跋三學士帖】秦少游、張文潛、晁無咎，元祐間俱在館中，與黄魯直居四學士，而東坡方爲翰林，一時文物之盛，自漢唐已來未有也。宣和四年七月，太希先倒骨董箱，得此三帖，讀之爲流涕。嗚呼，世間

寧復有此等人物耶！（同上）

【東坡留戒公疏】東坡鎮維揚，幕下皆奇豪。一日，石塔長老遣侍者投牒，求解院。東坡問：「長老欲何往？」對曰：「歸西湖舊廬。」即令出，别候指揮。東坡于是將僚佐，同至石塔，令擊鼓，大衆聚觀。袖中出疏，使晁無咎讀之。其詞曰：「大士何曾出世，誰作金毛之聲；衆生各自開堂，何關石塔之事。去無作相，往亦隨緣。戒公長老，開不二門，施無盡藏。念西湖之久别，亦是偶然；爲東坡而少留，無不可者。」（《冷齋夜話》卷七）

葉夢得

【書高居實集後】元祐末，余與居實同舉進士，試春官，數往來舅氏晁無咎家。時張文潛爲右史。二公一時後進所推尊，每得居實文皆擊節稱賞不已。居實試别頭，文潛適主文，居實果擢第一。……始天下名文章，稱無咎、文潛，曰晁、張。無咎雄健峻拔，筆力欲挽千鈞。文潛容衍靖深。獨居實之文，氣和而思遠，言約而理暢，超然常出事物之外，而觀者每有餘味，故人以爲似文潛。（《建康集》卷三）

外祖晁君成善詩，蘇子瞻爲集序，所謂「温厚静深如其爲人」者也。黄魯直常誦其「小雨愔愔人不寐，卧聽贏馬齕殘蔬」，愛賞不已。他日得句云：「馬齕枯萁喧午夢，誤驚風雨浪翻江。」自以爲工，以語舅氏無咎曰：「我詩實發於乃翁前聯。」余始聞舅氏言此，不解風雨翻江之意。一日，憩於逆旅，聞旁舍有澎湃鞺鞳之聲，如風浪之歷船者，起視之，乃馬食於槽，水與草齟齬於槽間，而爲此聲，方悟魯直之

好奇。然此亦非可以意索，適相遇而得之也。（《石林詩話》卷上）

頃見晁無咎舉魯直詩：「人家圍橘柚，秋色老梧桐。」張文潛云：「斜日兩竿眠犢晚，春波一頃去鳧寒。」皆自以爲莫能及。（同上）

高荷，荆南人，學杜子美作五言，頗得句法。黄魯直自戎州歸，荷以五十韻見，魯直極愛賞之，嘗和其言，有云：「張侯海内長句，晁子廟中雅歌，高郎少加筆力，我知三傑同科。」張謂文潛，晁謂無咎也。無咎聞之，頗不平。（同上卷中）

元祐初，用治平故事，命大臣薦士試館職，多一時名士，在館率論資考次遷，未有越次進用者，皆有滯留之嘆。張文潛、晁無咎俱在其間。一日，二人閲朝報，見蘇子由自中書舍人除户部侍郎，無咎意以爲平，緩曰：「子由此除不離核。」謂如果之黏核者。文潛遽曰：「豈不勝汝枝頭乾乎？」聞者皆大笑。東北有果如李，每熟不得摘，輒便槁，土人因取藏之，謂之「枝頭乾」，故云。（《石林燕語》卷五）

政和間，大臣有不能爲詩者，因建言：詩爲元祐學術，不可行。李彦章爲御史，承望風旨，遂上章論陶淵明、李、杜而下皆貶之，因詆黄魯直、張文潛、晁無咎、秦少游等，請爲科禁。故事，進士聞喜燕，例賜詩以爲寵。自何丞相文縝牓後，遂不復賜，易詔書以示訓戒。（《避暑録話》卷下）

莊　綽

先公元祐中爲尚書郎……後領漕淮南。諸公皆南遷，率假舟兵以送其行。故東坡到惠州有書來謝云：「蒙假二卒，大濟旅途風水之虞，感戴高誼，無以云喻。方走海上益遠，言之悵焉永慨！」余池飭寶之。崇寧初，晁無咎嘗跋其後曰：「明月之珠，夜光之璧，以暗投人，則莫不按劍而相眄，況嗜好吴越哉！季裕加於人數等矣！」（《雞肋編》卷上）

崇寧中，方嚴黨禁，凡係籍人子孫，不聽仕宦及身至京畿。……又晁十二之道，自爲優人過階語云：「但僕元祐間詩賦登科，靖國中宏詞入等，尚之喚作哥哥，補之呼爲弟弟。甚人上書耶？甚人晁詠之！」聞者莫不絶倒。（《雞肋編》卷中）

汪　藻

【呻吟集序（節録）】元祐初，異人輩出，蓋本朝文物全盛之時也。邢敦夫于是時，以童子遊諸公間，爲蘇東坡之客，黄魯直、張文潛、秦少游、晁無咎之友，鮮于大受、陳無己、李方叔皆屈輩行與之交。雖不幸短年，而東坡以爲足以藉乎見古人，魯直以爲足以不朽，無咎以爲足以追逐古人，今《呻吟集》是也。敦夫卒六十餘年，而其姪總出此書，于是敦夫之詩文盛行于時，與黄、秦、晁、張並傳，信諸公許可爲知言也。（《浮溪集》卷十七）

【柯山張文潛集書後（節録）】元祐中，兩蘇公以文倡天下，從之游者，公與黄魯直、秦少游、晁無咎，號四學士，而文潛之年爲最少。公于詩文兼長，雖當時鮮復公比。兩蘇公諸學士既相繼以殁，公巋然獨存，故詩文傳于世者尤多。（同上）

周紫芝

【抄宛邱先生集見和許貴州詩因以悼之】臺閣諸公盡要途，一麾新拜嶺南除。當時爲我歌新句，别後何人哭訃書。夢斷世間青瑣闥，醉傾天上碧琳腴。平生交舊晁、張輩，餘子紛紛可作奴。(《太倉稊米集》卷十四)

【二十八日雪霽讀晁無咎集呈别乘徐彦志且以奉懷(節録)】蘇公論士昔未聞，四客輩出俱同門。龍媒忽下洗凡馬，野鶴一舉空雞群。虞皇七友廊廟具，元和十子非渠倫。張公屈宋排衙官，清詞麗句冰雪寒。秦公筆下有《過秦》，平生目短曹、劉垣。金華仙伯學杜甫，句法自許窺公藩。晁公磊落天下士，帝遣長庚下人世。舊聞一醉百梨花，醉後狂歌滿天地。詩成只在倚馬間，高談頗似懸河翻。當時《七發》真少作，秦漢以來無此文。(《同上》卷十九)

【書晁無咎帖後】讀晁無咎之文與詩，浩浩然猶河漢之無極也，想其胸中何止有八九雲夢而已。今觀此數帖，如散聖出塵，不縛禪律，自然近道，豈可付俗人論工拙哉！紹興壬申四月之吉，妙香寮老人書。(同上卷六十六)

【書曾處州雅詞後(其二)】諸晁自無咎以文名世，往往相繼間出。次膺諸人，小詞俱可喜，大率是無咎一種，風流如王、謝子弟，雖人物小大長短，時有不同，要皆是芝蘭玉樹耳。(同上卷六十七)

吕本中

山谷贈晁無咎詩云：「執持荆山玉，要我琱琢之。」蓋無咎初從山谷理會作詩，故無咎舊詩往往似山谷。（《紫微詩話》）

何　薳

【筆下變化】晁丈無咎言：蘇公少時，手抄經史皆一通。每一書成，輒變一體，卒之學成而已。迺知筆下變化，皆自端楷中來爾。不端其本，而欺以求售，吾知書中孟嘉，自可默識也。（《春渚紀聞》卷六）

許　顗

晁無咎在崇寧間次李承之長短句，以弔承之，曰：「射虎山邊尋舊迹，騎鯨海上追前約，便與江湖永相忘，還堪樂。」不獨用事的確，其指意高古深悲，而善怨似《離騷》，故特録之。（《彦周詩話》）

吴　聿

陳無己跋舊詞云：「晁無咎云：『眉山宫詞，蓋不更此境也。』余謂不然，宋玉初不識巫山神女，而能賦之，豈待更而後知也。予他文未能及人，獨於詞，自謂不減秦七黄九。而爲鄉掾三年，去而復還，又三年矣，而鄉妓無欲余之詞者，獨杜氏子勤懇不已，且云：『所得詩詞滿篋，家多蓄紙筆墨，有暇則學書。』使不如言，其志亦可喜也，乃寫以遺之。」古語所謂「但解閉門留我住，主人不問是誰家」者，此語東坡《題藏春》兩絶之一。全篇云：「莫尋群玉峰頭路，休看玄都觀裏花，但解閉門留我住，主人莫問是誰家。」蓋無己託爲古語耳。（《觀林詩話》）

張九成

【畫像】予謫居嶺下，居無與遊，憂過之不聞，學之不進也，乃於書室中置夫子、顔子像，適有淵明、曲江、萊公、富鄭公、韓魏公、歐公……黄魯直、秦少游、晁無咎、張文潛諸畫像，乃環列於夫子左右，晨朝焚香瞻敬，心志肅然，其所得多矣。有一毫愧心，其見諸人，心若市朝之撻矣。（《横浦日新》）

【題晁無咎學説】學不貴於言語，要須力於踐履。踐履到者其味長，乃盡見聖人用處。古之人所以優入聖域者，蓋自此路入也。無咎先生所以期其猶子者，其遠乎？嗟乎，前輩之風不復見矣！執讀三復，爲慨然興嘆者久之。五月日張某書。（《横浦集》卷十九）

董逌

【跋吴道玄地獄變相爲晁無咎書】經言地獄三形，曰罪輕作人形，其重畜形，極苦無形。世之所傳，雖毒苦加至，然皆經之爲形罪輕者也。至畜形則世固未嘗論説，所謂肉軒肉屏者，宜天下所未知也。吴生嘗畫西方變於淨土院壁，其傳録中如此。又嘗寓之縑素，得傳逮今。然則自此畫行於世，其見而懼者，幾何人哉？其視而不知改者，亦不可許也。（《廣川畫跋》卷五）

吴曾

【九江千歲龜歌】張文潛有二石龜，晁無咎名其大者爲九江，小者爲千歲。文潛因作《九江千歲龜歌》一首贈無咎，略云：「老龍洞庭怒，蕩覆堯九州。」謂半山老人也。又云：「禹咄嗟，水平流。」謂司馬君實也。（《能改齋漫録》卷六）

【緑楊樓外出秋千】晁無咎評樂章：「歐陽永叔《浣溪沙》云：『堤上遊人逐畫船，拍堤春水四垂天，緑楊樓外出秋千。』要皆絶妙，然只一『出』字，自是後人道不到處。」余按，唐王摩詰寒食城東即事詩云：「蹴踘屢過飛鳥上，秋千競出垂楊裏。」歐陽公用出字，蓋本此。（同上卷八）

【四客各有所長】子瞻、子由門下客最知名者，黄魯直、張文潛、晁無咎、秦少游，世謂之四學士。至若陳無己，文行雖高，以晚出東坡門，故不若四人之著。故陳無己作《佛指記》云「余以辭義，名次四君，而貧于一代」是也。晁無咎詩云：「黄子似淵明，城市亦復真。陳君有道舉，化行閭井淳。張侯公瑾流，英思春泉新。高才更難及，淮海一髯秦。」當時以東坡爲長公，子由爲少公。陳無己答李端叔云：「蘇公之門，有客四人。黄魯直、秦少游、晁無咎，則長公之客也；張文潛，則少公之客也。」……然四客各有所長，魯直長于詩辭，秦、晁長于議論。（同上卷十一）

【黃魯直詞謂之著腔詩】晁無咎評本朝樂章，不具諸集，今載于此云：「世言柳耆卿曲俗，非也。如《八聲甘州》云：『漸霜風凄緊，關河冷落，殘照當樓。』此真唐人語，不減高處矣。歐陽永叔《浣溪紗》云：『堤上遊人逐畫船，拍堤春水四垂天，緑楊樓外出秋千。』要皆妙絶。然只一『出』字，自是後人道不到處。蘇東坡詞，人謂多不諧音律，自然居士詞横放傑出，自是曲子中縛不住者。黄魯直間作小詞，固高妙，然不是當行家語，是著腔子唱好詩。晏元獻不蹈襲人語，而風調閒雅，如『舞低楊柳樓心月，歌盡桃花扇底風』，知此人不住三家村也。張子野與耆卿齊名，而時以子野不及耆卿，然子野韻高，是耆卿所乏處。近世以來，作者皆不及秦少游，如『斜陽外，寒鴉萬點，流水遶孤村』，雖不識字人，亦知是天生好言語。」(同上卷十六)

【晁無咎嘲田氏詞】元豐己未，廖明略、晁無咎同登科。明略所遊田氏者，姝麗也。一日，明略邀無咎晨過田氏，田氏遽起對鑑理髮，且盼且語，草草妝掠，以與客對。無咎以明略故有意而莫傳也，因爲《下水船》一闋：「上客驪駒至，鸚喚銀屏睡起。困倚妝臺，盈盈正解螺髻，鳳釵墜，繚繞金盤玉指，巫山一段雲委。半窺鏡，向我横秋水。斜領花枝交鏡裏，淡拂鉛華，匆匆自整羅綺。斂眉翠，雖有愔愔密意。空作江邊解佩，情何寄。」(同上)

晁無咎自玉山過彭門，而無己廢居里中，無咎出小鬟舞《梁州》佐酒，無己作《木蘭花》云：「娉娉裊裊，芍藥梢頭紅樣小。舞袖低垂，心倒郎邊客已知。金樽玉酒，勸我花前千萬壽。莫莫休休，白髮簪花各自羞。」無咎云：「人疑宋開府鐵心石腸。及爲梅花賦，清腴艷發，殆不類其爲人。無己清適，雖鐵

石心腸不至於開府，而此詞清腴艶發，過於梅花賦矣。」(《能改齋漫録·逸文》，據《苕溪漁隱叢話後集》卷三十三引)

【僧義海評韓文公、蘇東坡琴詩(節録)】昔晁無咎謂，嘗見善琴者云「浮雲柳絮無根蒂，天地闊遠隨飛揚」，爲泛聲，輕非絲，重非木也。「喧啾百鳥群，忽見孤鳳凰」，爲泛聲中寄指聲也。數聲琴中最難工。(《辨誤録》卷下)

邵 博

魯直以晁載之《閔吾廬賦》問東坡何如？東坡報云：「晁君騷辭，細看甚奇麗，信其家多異材邪！然有少意，欲魯直以漸箴之。凡人爲文，宜務使平和；至足之餘，溢爲奇怪，蓋出於不得已耳。晁君喜奇似太早。然不可直云爾，非爲之諱也，恐傷其邁往之氣，當爲朋友講磨之語可耳。」予謂此文章妙訣，學者不可不知，故表出之。(《邵氏聞見後録》卷十四)

《楚詞》文章，屈原一人耳。宋玉親見之，尚不得其髣髴，況其下者？唯退之《羅池詞》可方駕以出。東坡謂「鮮于子駿之作，追古屈原」，友之過矣。如晁無咎所集《續離騷》，皆非是。(同上)

蘇 籀

【書三學士長短句新集後】予晚生，希仰前修，汲汲與能，耳目屢接典刑故老，喜幸如獲麟鳳，饜於昏懵不知，而作者論文拊卷，每每興歎！顧念九原莫作，述者有跡可傳，不忍置也。曩日正始，群賢在朝，黄、秦、晁三公，騫翔臺閣，追想其奏篇大庭，垂紳文陛，據梧揮犀，石渠東觀，質據辨析，泯然邈矣。所餘著書，名章大論，煒煌照世。其樽俎折衝，款昵名勝，高酬妍倡，以夷猶寓意，融金石，感鬼神，咸韶雖隱，陽春白雪，猶將髣髴焉。其風流雅尚之最，吾人所欲珍緝，實天下奇韻嘉聞也。喻夫東阿豆萁之敏，子敬蠶種之墨，淵明閑情之賦，三公度曲，與此何遠？嘗竊評之：黄太史纖穠精穩，體趣天出，簡切流美，能中之，能投棄錡斧，有佩玉之雍容。秦校理落盡畦畛，天心月脇，逸格超絶，妙中之妙。議者謂前無倫而後無繼。晁南宫平處言近文緩，高處新規勝致，朱絃三歎，斐麗音旨，自成一種姿致。概考其才識，皆内重而外物輕，淳至曠達，學無所遺。水鏡萬象，謝遣勢利，湔祓陳俚，發爲新雅。有謂：寓言罕能名之，三公同相照，並駕而馳聲，稱彰灼於天下，斯文經緯乎？……三公之詞，非專玩而獨鑒者，實四海九州有識之士共焉。故予言而不僭越耳。（《雙溪集》卷十一）

晁無咎作《東皋記》，公見之曰：「古人之文也。」（《欒城先生遺言》）

張表臣

韓退之作《羅池廟碑》、《迎饗送神詩》，蓋出於《離騷》。而晁無咎效之，作《楊府君碣系》云：「范之山兮石如砥，木蕭蕭兮草靡靡，侯愛我邦兮歸萬里。山中人兮春復秋，日慘慘兮雲幽幽，侯壯長兮所居游。侯之來兮民喜，風飄帷兮雨霑几，鼓淵淵兮舞侯阤，紛進拜兮侯鄰里。侯不可見兮德可思，侯行不來兮民心悲，謂侯飲食兮無去斯，福爾之士兮以慰民之思。」余謂雜之韓文中，豈復可辨邪？（《珊瑚

鉤詩話》卷一）

晁無咎爲其季父沈丘縣令端中作誌，亦無甚行事，但嗟其不遇，而云「詩文草隸，則元和以前勝士也」。黃庭堅見而歎曰：「永懷而善怨，鬱然類《騷》。」黃未嘗以此許人也。（同上）

東坡死，李方叔誄之曰：「道大不容，才高爲累。皇天后土，知平生忠義之心；名山大川，還千古英豪之氣。」可謂簡而當矣。晁無咎死，張文潛銘之曰：「車堅馬良，不得出門，策駑駕朽，道上紛紛。」茲亦可悲矣。（同上卷二）

【張右史集序（節録）】予去冬兩侍太師公相，論近世中原名士，因及蘇門諸君子，自黃豫章、秦少游、陳後山、晁補之諸文集，皆已次第行世，獨宛邱先生張文潛詩文散落。（《東湖叢記》卷一附載）

朱弁

晁之道名詠之。……東坡作《温公神道碑》，來訪其從兄補之無咎於昭德第。坐未定，自言：「吾今日了此文，副本人未見也。」啜茶罷，東坡琅然舉其文一遍，其間有蜀音不分明者。無咎略審其字，時之道從照壁後已聽得矣。東坡去，無咎方欲舉示族人，而之道已高聲誦，無一字遺者。無咎初似不樂，久之，曰：「十二郎，真吾家千里駒也！」（《曲洧舊聞》卷三）

孔平仲建中靖國間爲陝西提刑，時晁無咎作郡。下車，見無咎，舉《到任謝表》，破題四句云：「呂刑三千，人命所繫，秦關百二，地望匪輕。」無咎嗟賞曰：「前乎公既無此語，後乎公知莫能繼矣，豈不謂光

前絶後乎！」(同上卷七)

韩退之云餘事作詩，人未可以爲篤論也。東坡以詞曲爲詩之苗裔，其言良是。然今之長短句比之古樂府歌詞，雖云同出於詩，而祖風已掃地矣。晁無咎晚年因評小晏并黄魯直、秦少游詞曲，嘗云：「吾欲託興於此，時作一首以自遣，政使流行，亦復何害？譬如雞子中元無骨頭也。」(《風月堂詩話》卷上)

吴儆

【見季守書】某不佞，少有志於學文，習之不能以有見，蓋喟然嘆息，以爲曾子固、梅聖俞、蘇子美嘗得見歐陽公，黄魯直、秦少游、晁無咎、陳無己、張文潛，亦及從蘇氏兄弟。……皆因其所見，咸各有所得，而吾獨不得生乎其時也。(《竹洲集》附録)

葛立方

皇祐三年，荆公倅舒，與道人文鋭、弟安國擁火遊石牛洞，玩李習之題字，聽泉而歸。故有詩曰：「水泠泠而北出，山靡靡而旁圍。欲窮源而不得，竟悵望而空歸。」元豐間，魯直嘗至其處，亦題詩云：「司命無心播物，祖師有記傳衣。白雲横而不度，高鳥倦而猶飛。」蓋效其作也。晁無咎《續楚詞》載荆公詞，以爲二十四言具六藝群言之遺味，故與經學典策之文俱傳，未曉其説也。(《韻語陽秋》卷十三)

吴芾

【姑溪集序】李公端叔以詞翰著名元祐間。余始得其尺牘，頗愛其言思清婉，有晉宋人風味。……昔二蘇於文章少許可，尤稱重端叔，殆與黄魯直、晁無咎、張文潛、秦少游輩頡頏於時。今觀其文，信可知也。（《湖山集》卷十一）

趙構

【追贈直龍圖閣敕】敕故宣德郎晁補之等，自熙寧大臣用事變法，始以異同排斥士大夫。維我神祖，念之不忘。元豐之末，稍稍收召。接於元祐，英俊盈朝，而爾四人，以文采風流，爲一時冠，學者欣慕之。及繼述之論起，黨籍之禁行，而爾四人，每爲罪首，則學者以其言爲諱。自是以來，縉紳道喪，綱紀日墮，馴至宣和之亂，言之可爲痛心。肆朕纂承，既從昭洗。今爾四人，復加褒贈，斯足以見朕志矣。嗚呼，西清之游，書殿之選，唯爾曹爲稱，使生而得用，能盡其才，亦何止於是歟！舉以追命，聊伸賫志之恨，亦以少慰天下士大夫之心。英爽不忘，歆此休顯。（清道光本《淮海集》卷首）

晁公武

【重編楚辭十六卷】右族父吏部公重編。獨《離騷經》仍故爲首篇。其後以《遠游》、《九章》、《九歌》、《天問》、《卜居》、《漁夫》、《大招》、《九辯》、《招魂》、《惜誓》、《七諫》、《哀時命》、《招隱》、《九懷》、《九嘆》爲次。而去《九思》一篇，其説曰：「按八卷屈原遭憂所作，故首篇曰《離騷經》，後篇皆曰《離騷》，餘皆曰《楚辭》。今本所第篇，或不次序，於是遷《遠遊》、《九章》次《離騷經》，在《九歌》上，以原自叙其意近《離騷經》也。而《九歌》、《天問》乃原既放之後攄憤所作者，故遷於下。《卜居》、《漁父》自序之餘意也，故後次之。《大招》古奥，疑原作非景差。辭沈淵不返，故以終焉。爲《楚辭》上八卷。《九辯》、《招魂》皆宋玉。或曰：《九辯》原作其聲浮矣，《惜誓》弘深，或以爲賈誼作蓋近之。東方朔、嚴忌，皆漢武帝廷臣，淮南小山之辭，不當先朔、忌。王褒，漢宣帝時人，後淮南小山，至劉向最後作，故其次序如此，皆西漢以前文也。爲《楚辭》下八卷。王逸，東漢人，《九思》視向以前所作，相闊矣。又，十七卷非舊録，故去之。又頗删逸《離騷經》訓釋淺陋者，而録司馬遷原傳冠其首云。」（《昭德先生郡齋讀書志》卷十七）

【續楚辭二十卷】右族父吏部公編。擇後世文賦與《楚辭》類者編之。自宋玉以下至本朝王令，凡二十六人，計六十篇，各爲小序，以冠其首。而最喜沈括，以爲辭近原。蓋深探其用意，疾徐其步驟，而與之偕然，亦暇而不迫也。（同上）

【變離騷二十卷】右族父吏部公編。公既集《續楚辭》，又擇其餘文賦，或大意祖述《離騷》，或一言似之者，爲一編，其意謂原之作曰《離騷》，餘皆曰《楚辭》。今《楚辭》又變，而乃始曰《變離騷》者，欲後世知其出於原也，猶服盡而繫其姓於祖云。所録自楚荀卿至本朝王令，凡三十八人，通九十六首。（同上）

【黄魯直豫章集三十卷外集十四卷】右皇朝黄庭堅魯直，幼警悟，讀書五行俱下，數過輒記。……先是，秦少游、晁無咎、張文潛皆以文學游蘇氏之門，至是同入館，世號四學士。(同上卷十九)

【晁無咎雞肋編七十卷】右皇朝族父吏部公也。公諱補之，字無咎，幼豪邁英爽不群，七歲能屬文，日誦千言。王安國名重天下，慎許可，一見大奇之。在杭州作文曰《七述》，叙杭州之山川人物之盛麗。時蘇子瞻倅杭州，亦欲有所賦，見其所作，嘆曰：「吾可以閣筆矣！」子瞻以文章名一時，至屈輩行與之交，由此聲名藉甚。舉進士、禮部別試第一，而考官謂其文辭近世未有，遂以進御。神宗曰：「是深於經，可革浮薄。」元祐中，除校書郎。紹聖初，落職監信州酒，後知泗州，終於官，大觀四年也。於文章蓋天性，讀書不過一再，終身不忘。自少爲文，即能追考左氏、《戰國策》、太史公、班固、揚雄、劉向、屈原、宋玉，下逮韓愈、柳宗元之作，促駕而力鞭之，務與之齊而後已。其凌厲奇卓出於天才，非醖釀而成者。自韓、柳而還，蓋不足道也。(同上)

【鷄肋集七十卷】吏部員外郎鉅野晁補之無咎撰。(《直齋書録解題》卷十七)

【蘇門六君子集】《豫章集》四十四卷，《宛丘集》七十五卷，《後山集》二十卷，《淮海集》四十六卷，《濟北集》七十卷，《濟南集》二十卷。蜀刊本，號《蘇門六君子集》(同上)

王十朋

喻叔奇采坡詩一聯，云「今誰主文字，公合把旌旄」爲韻，作十詩見寄，某懼不敢和，酬以四十韻。

斯文韓、歐、蘇，千載三大老。蘇門六君子，如籍、湜、郊、島。大匠具明眼，一一經選考。豈曰文乎哉，蓋深于斯道。諸公既九原，氣象日衰槁。山不見泰華，水但識行潦。詞人巧駢儷，義理失探討。書生蔽時文，習史未易藻。……心慕大手筆，所恨生不早。鄉令門及韓，不類端可保。賞識遇歐、坡，當爲篋中寶。聲名於不掩，光艷姑自葆。（《梅溪先生後集》卷十九）

編者按：蘇軾生前，與黃、秦、張、晁、陳、李過從甚密，但在文本上正式稱之爲「蘇門六君子」，是在南宋之初，其時元祐黨人已平反昭雪，人們可以稱贊六君子的品德操守。王十朋活躍於南宋初的政壇和文壇，得此稱謂風氣之先。

胡仔

苕溪漁隱曰：「呂居仁《詠秋後竹夫人》詩云：『與君宿昔尚同牀，正坐西風一夜凉，便學短檠墻角棄，不如團扇篋中藏。人情易變乃如此，世事多虞祇自傷，却笑班姬與陳后，一生辛苦望專房。』晁無咎詩：『不見班姬與陳后，寧聞衰落尚專房。』居仁用此語也。」（《苕溪漁隱叢話前集》卷四十七）

《王直方詩話》云：「曹輔，字子方，嘗爲省郎，交遊間，多以爲有智數者。故晁無咎贈詩有『兵甲胸中無敵國』之語。」苕溪漁隱曰：「余纂集《叢話》，歷覽群賢詩説，並無評議無咎詩者，止有此一句，不知當時群賢偶遺之邪？」（同上卷五十二）

苕溪漁隱曰：「《摸魚兒》一詞，晁無咎所作也；《滿江紅》一詞，呂居仁所作也。余性樂閑退，一丘一

鑿，蓋將老焉，二詞能具道阿堵中事，每一歌之，未嘗不擊節也。」（同上）

苕溪漁隱曰：「余觀《雞肋集》，惟古樂府是其所長，辭格俊逸可喜。如《行路難》云：「贈君珊瑚夜光之角枕，玳瑁明月之雕牀，一繭秋蟬之麗縠，百和更生之寶香。穠華紛紛白日暮，紅顏寂寂無留芳。……」（同上）

苕溪漁隱曰：「歐陽永叔《宛陵集序》、晁無咎《海陵集序》，二序皆論詩人之多窮，余嘗愛之，故玆併録。（《苕溪漁隱叢話後集》卷二十四）

苕溪漁隱曰：「《古今詞話》，以古人好詞，世所共知者，易甲爲乙，稱其所作。仍隨其詞牽合爲說，殊無根蒂，皆不足信也。……晁無咎《鹽角兒》『開時似雪，謝時似雪，花中奇絶』者，爲晁次膺作……皆非也。」（同上卷三十九）

苕溪漁隱曰：「凡作詩詞，要當如常山之蛇，救首救尾，不可偏也。如晁無咎作中秋《洞仙歌辭》，其首云：『青煙冪處，碧海飛金鏡，永夜閒階臥桂影。』固已佳矣。其後云：『待都將許多明，付與金樽，投曉共流霞傾盡。更攜取胡牀上南樓，看玉做人間，素秋千頃。』若此，可謂善救首尾者也。至朱希真作中秋《念奴嬌》，則不知出此。其首云：『插天翠柳，被何人推上，一輪明月？照我藤牀涼似水，飛入瑶臺銀闕。』亦已佳矣。其後云：『洗盡凡心，滿身清露，冷浸蕭蕭髮。明朝塵世，記取休向人說。』此兩句全無意味，收拾得不佳，遂并全篇氣索然矣。」（同上）

楊湜

【晁補之】《一叢花》：趙德麟送洞庭春色，本集題作《謝濟倅宗室令剡送酒》。王孫眉宇鳳凰雛，原與世情疎。……梅花正好，曾醉燕堂無。《花草粹編》卷八所引。（《古今詞話》）

張邦基

晁無咎謫玉山，過徐州，時陳無已廢居里中。無咎置酒，出小姬娉娉舞《梁州》。無已作《減字木蘭花》長短句云：「娉娉裊裊，芍藥稍頭紅樣小。舞袖低回，心到郎邊客已知。□□金樽玉酒，勸我花前千萬壽。莫莫休休，白髮簪花我自羞。」無咎嘆曰：「人疑宋開府鐵石心腸，及爲《梅花賦》，清艷殆不類其爲人。無已清通，雖鐵石心腸不至於開府，而此詞已過於《梅花賦》矣。」

元祐七年七夕日，東坡時知揚州，與發運使晁端彦、吴倅晁無咎，大明寺汲塔院西廊井與下院蜀井二水，校其高下，以塔院水爲勝。（《墨莊漫録》卷三）

晁無咎作《慶州使宅記》，黄魯直云：「大爲佳作。」（同上）

王直方立之父名棫，家多侍兒，而小鬟素兒尤妍麗。王嘗以臘梅花送晁無咎，無咎以詩五絶謝之，有云：「芳菲意淺姿容淺，憶得素兒如此梅。」（同上卷九）

李燾

宋哲宗元祐五年秋七月己巳，正字陳察、晁補之、李昭玘並爲校書郎。十二月十六日可考。（《續資治通鑑長編》卷四百四十五）

元祐五年十二月戊申，校書郎晁補之通判揚州。此據劉摯日記增入，當考其故。（同上卷四百五十二）

元祐七年冬十月乙亥，著作佐郎徐鐸爲集賢校理，工部員外郎校書郎時彦、晁補之並爲著作佐郎。八年五月十六日，黄慶基論晁補之。（同上卷四百七十八）

元祐八年五月壬辰，三省同進呈董敦逸四狀，言蘇轍；黄慶基三狀，言蘇軾、吕大防。……慶基言：軾自進用以來，援引黨與，分布權要，附麗者力與荐揚，違迕者公行排斥。……前者除張耒爲著作郎，六年十二月二十四日。近者除晁補之爲著作佐郎。七年十月二十六日。皆軾力爲援引，遂至於此。（同上卷四百八十四）

洪适

【雪詩用晁無咎韻】密雪舞冬晝，祁寒反夏炎。竹枝低未濕，梅萼瑩先霑。怯冷昂肩立，欣繁矯首瞻。隨風方北渡，際海必東漸。軒簸來如摻，繽紛勢轉嚴。枯荄新點綴，曲砌巧增添。伺隙花穿户，承隅箸插簷。高飛迷皎鶴，夜影逼清蟾。砧淨綃横石，窗虚粉雜奩。崐丘千璧碎，武庫五兵銛。煙徑楊吹絮，香蹊蝶奮髯。鯨鯢陸骨腐，鵠鷺野翎焰。白髮秦人遯，龐眉漢尉濳。漬蠶功孰及，平地瑞初占。窖卧行人節，門扃志士恬。已甘穿履困，奚避割氈嫌。醉慕雙螯畢，寒懷五絝廉。飄飄疑宓女，刻畫謝無鹽。河闊凝新浪，峰高失舊尖。山陰賓欲返，淮右寇將殲。穆滿三章著，桓玄五板兼。君恩捐衛粟，天意絶齊痁。江上簑堪畫，籬間鷩可覘。客觀眸已眩，兒咀手頻拈。足没尋萱屐，腰閑刈藋鐮。馬馳毛愈素，烏啄首難黔。凍折騷人筆，光臨織婦檐。螟牟寧待火，疫癘詎煩砭。甲長寒蔬細，根肥宿麥纖。年豐雖欲頌，神助愧江淹。（《盤州文集》卷一）

王偁

【晁補之傳】晁補之，字無咎，宗慤之曾孫也。七歲能屬文，王安國一見而奇之。蘇軾通判杭州，延譽如不及。舉進士，爲澶州司户參軍，召試爲祕閣校理，通判揚州。召還爲著作佐郎，遷著作郎，出知齊州。紹聖初，責監蘄、信二州酒税。復爲著作郎，遷吏部郎，兼國史院編修官，出知河中府。嘗知湖、密、果三州，最後知泗州。卒，年五十八。有《雞肋集》一百卷。（《東都事略》卷一一六）

王灼

東坡先生以文章餘事作詩，溢而作詞曲……晁無咎、黄魯直皆學東坡，韻製得七八。黄晚年閑放於狹邪，故有少疏蕩處。後來學東坡者葉少藴、蒲大受，亦得六七，其才力比晁、黄差劣。（《碧雞漫志》卷二）

【次韻晁子與（選一首）】大晁富麗比南金，令弟清新敵楚琳。死却廬陵老居士，二蘇那得有知音。（《頤堂先生文集》卷五）

洪　邁

【高子允謁刺（節録）】王順伯藏昔賢墨帖至多，其一曰高子允諸公謁刺，凡十六人：時公美、徐振甫、余中、龔深父、元耆寧、秦少游、黄魯直、張文潛、晁無咎、司馬公休、李成季、葉致遠、黄道夫、廖明略、彭器資、陳祥道，皆元祐四年朝士。唯器資爲中書舍人，餘皆館職。其刺字或書官職，或書郡里，或稱姓名，或只稱名，既手書之，又斥主人之字，且有同舍、尊兄之目，風流氣味，宛然可端拜，非若後之士大夫一付筆吏也。（《容齋三筆》卷十六）

陸　游

士大夫交謁……元豐後，又盛行手刺，前不具銜，止云「某謹上。謁某官。某月日」。結銜姓名，刺或云狀。亦或不結銜，止書郡名，然皆手書，蘇、黄、晁、張諸公皆然。今猶有藏之者。（《老學庵筆記》卷三）

晁氏世居都下昭德坊，其家以元祐黨人及元符上書籍記，不許入國門者數人，之道其一也。（同上卷九）

周必大

【敷文閣學士李文簡公燾神道碑嘉泰元年（節録）】（上曰）：「朕嘗許燾大書『續資治通鑑長編』七字，且用神宗賜司馬光故事，爲序冠篇。（公撰）范、韓、文、富、歐陽、三蘇、六君子年譜各一卷。（《廬陵周益國文忠公集》卷六十六）

【跋歐陽文忠公與張洞書】右歐陽文忠公《與張洞手書》五幅。洞字仲通，開封人，晁無咎《雞肋集》有傳。任潁州推官，文忠實爲守，甚重之。（《益公題跋》卷四）

周　煇

晁無咎貶玉山也，過彭門。而陳履常廢居里中，無咎出小鬟舞《梁州》以佐酒。履常作小闋《木蘭花》云：「娉娉裊裊，芍藥稍頭紅樣小。舞袖低垂，心到郎邊客已知。金尊玉酒，勸我花前千萬壽。莫莫休休，白髮簪花我自羞！」無咎云：「疑宋開府鐵心石腸，及爲《梅花賦》，清便艷發，殆不類其爲人。履常清通，雖鐵心石腸不至於開府，而此詞清便艷發，過於《梅花賦》矣。」（《清波雜志》卷九）

元豐己未，明略、無咎同登科。明略所游田氏，姝麗也。一日，明略邀無咎晨過田氏。田氏遽起，對鑑理髮，且盼且語，草草妝掠，以與客對。無咎以明略故，有意而莫傳也，因爲《下水船》一闋：「上客驪駒至（詞見文集，不録）」頃在上饒，得此説於晁族。無咎跋云：「大觀庚寅四月十三日，伯比、季良、無咎集國東之逆旅，話此四事。季良云，可書也。」伯比、季良，當是群從，風流蘊藉，寓諸樂府，雖曰纖麗，不妨游戲於杯酒間。餘一說，乃陳襲爲錢塘妓周子文作四詩詞，洪内相已載在《夷堅庚志》，語皆合。餘一未詳。（同上）

韓元吉

【絶塵軒記】貴溪尉舍舊有黄梅出于垣間。元符己卯歲，廖明略舉宋廣平之事，題曰「能賦堂」，以况尉君曾敬之也。明略既爲之記，而晁無咎題其後，謂其于敬之遠矣，無咎又和其《試茶》、《看花》二詩，有兩「絶塵」之句，則敬之爲人固可知也。後八十有二年，福堂鄭肇之子仁實爲尉於此，乃葺堂之壞而更新之，訪梅栟而增培之，亦治其東偏爲小軒，寘筆硯書帙其間，以朝夕坐卧而休焉。今秩滿將更，而予因榜之曰「絶塵」，蓋取于無咎之詩語也。夫三君子遠矣，廖、晁以館閣英名而留落是邦，曾君以相家子，文采風流，號有典型。一時酬酢往來，歆艷後輩。……淳熙癸卯十一月，潁州韓某記。

（《南澗甲乙稿》卷十六）

楊萬里

神宗徽猷閣成，告廟祝文，東坡當筆。時黄魯直、張文潛、晁無咎、陳無己畢集，觀坡落筆云：「惟我神考，如日在天。」忽外有白事者，坡放筆而出。諸人擬續下句，皆莫測其意所向。頃之坡入，再落筆

云：「雖光輝無所不充，而躔次必有所舍。」諸人大服。（《誠齋詩話》）

王明清

建炎末，贈黄魯直、秦少游及晁無咎、張文潛，俱爲直龍圖閣。（《揮麈録·前録》卷三）

元祐二年，東坡先生入翰林，暇日會張、秦、晁、陳、李六君子于私第，忽有旨令撰《賜奉安神宗御客禮儀》，使吕大防口宣茶藥詔。東坡就牘書云：「於赫神考，如日在天。」顧群公曰：「能代下一轉語否？」各辭之。坡隨筆後書云：「雖光明無所不臨，而躔次必有所舍。」群公大以聳服。《導引鼓吹詞》蓋亦是時作，真迹今藏明清處。二事曾國華云。（《揮麈録·後録餘話》卷一）

元祐初，修《神宗實録》，秉筆者極天下之文人，如黄、秦、晁、張是也。故詞采粲然，高出前代。（《玉照新志》卷一）

明清家舊有常子允元祐中在館閣同舍諸公手狀，如黄、秦、晁、張諸名人皆在焉。後爲龔養正頤正易去。比觀洪景盧《容齋三筆》，乃云見於王順伯所，以爲高子允者。常名立，汝陰人，與家中有鄉曲之舊。（同上卷三）

王　質

【和陶淵明歸去來辭】元祐諸公，多追和柴桑之辭，自蘇子瞻發端，子由繼之，張文潛、秦少游、晁無咎、

李端叔又繼之。崇寧崔德符、建炎韓子蒼又繼之。居閑無以自娱，隨意屬辭，姑陶寫而已，非自附諸公也。（《雪山集》卷八）

鄧椿

晁補之，字無咎，濟北人。元祐中爲吏部郎中，紹聖中謫監信州税，流落久之。張天覺當國，起知泗州，不累月下世。有自畫山水留春堂大屏，上題云：「胸中正可吞雲夢，琖底何妨對聖賢；有意清秋入衡霍，爲君無盡寫江天。」又題自畫山水寄人云：「虎觀他年清汗手，白頭田畝未能閑；自嫌麥壠無佳思，戲作南齋百里山。」陳無己獨愛重其蹟，亦嘗詠其扇云：「前身阮始平，今代王摩詰；偃屈蓋代氣，萬里入咫尺。」無咎又嘗增添《蓮社圖》樣，自以意先爲山石位置向背，作粉本以授畫史孟仲寧，令傳模之。菩薩做侯昱，雲氣做吴道玄，天王松石做關同，堂殿草樹做周昉、郭忠恕，卧槎垂藤做李成，崖壁瘦木做許道寧，湍流、山嶺、騎從、鞭服做魏賢，馬以韓幹，虎以包鼎，猿猴鹿以易元吉，鶴白鷴若鳥鼠以崔白，集彼衆長，共成勝事，今人家往往摹臨其本，傳於世者多矣。（《畫繼》卷三）

李甲，字景元，自號華亭逸人。作逸筆翎毛有意外趣，但木柯未佳耳。……又晁無咎《題周兼彦所收李甲畫》三絶，《鵲》云：「上林花妥逐鶯飛，愁絶江南雪裏時；嘍唶何須旁簷喜，毿毿相對兩寒枝。」（同上）

李世南，字唐臣，安肅人。明經及第，終大理寺丞。嘗與晁無咎同試諸生，無咎有求横幅長篇，又有題

扇詩，蓋長於山水也。（同上卷四）

陳直躬，高郵人也。坡有題所畫《雁》二詩云「野雁見人時，未起意先改；君從何處看，得此無人態」者是也。而無咎集中有《和蘇翰林題李甲畫雁二首》，乃用此韻，不知何謂也。（同上）

楊吉老，文潛甥也。文潛嘗云：「吾甥楊吉老，本不好畫竹，一旦頓解，便有作者風氣。揮灑奮迅，初不經意，森然已成，愜可人意，其法有未具，而生意超然矣。」無咎亦有《贈文潛甥克一學與可畫竹》詩。克一，吉老字也。（同上）

李遵易，不知何郡人。無咎有《跋畫魚圖》，甚詳。（同上卷七）

段吉先，不知何地人。無咎有題其《小景》三絶。（同上）

畫者，文之極也，故古今之人，頗多著意。……本朝文忠歐公、三蘇父子、兩晁兄弟、山谷、後山、宛邱、淮海、月巖，以至漫士、龍眠，或評品精高，或揮染超拔，然則畫者，豈獨藝之云乎？（同上卷九）

陳造

【題東堂集（節録）】毛澤民仕臨安，其守東坡。坡，士麟鳳也，晚乃受知。予讀《東堂集》，玩繹諷味，其文之瓌艷充托，其韻語之精深婉雅，視秦、黄、晁、張，盖不多愧。（《江湖長翁集》卷三十一）

葉適

【覆瓿集序(節録)】初,薛子長從余貢院崇德,愛其静而敏,文過於輩流而已,未鉅怪也。來姑蘇葑門,出《老翁賦》、《續通鑒論》,始駭然異之。盖神馬汗血,尾鬣不掉而行流無疆,累名駿數百,豈得望塵焉!自魏晉曹、陸,江左顔、任,唐陳、李,宋黄、秦、晁、張,皆莫進也。(《葉適文集》卷十二)

【題陳壽老文集後】元祐初,黄、秦、晁、張,各擅筆墨,待價而顯,許之者以爲古人大全,賴諸君復見。及夫紛紜於紹述,埋没於播遷,異等不越宏詞,高第僅止科舉,前代遺文,風流泯絶,又百有餘年矣。(同上卷二十九)

【吕氏文鑑】初歐陽氏以文起,從之者雖衆,而尹洙、李覯、王令諸人各自名家。其後王氏尤衆,而文學大壞矣。獨黄庭堅、秦觀、張耒、晁補之始終蘇氏,陳師道出於曾而客於蘇,蘇氏極力援此數人者,以爲可及古人世。或未能盡信,然聚群作而驗之,自歐、曾、王、蘇外非無文人,而其卓然可以名家者,不過此數人而已。(《習學記言》卷四十七)

張叔椿

【坡門酬唱集原序】詩人酬唱,盛於元祐間。自魯直、後山宗主二蘇,旁與秦少游、晁無咎、張文潛、李方叔馳騖相先後,萃一時名流,悉出蘇公門下。嘻,其盛歟!余少喜學詩,嘗泛觀衆作,因之泝流尋源,竊恨坡公詩有唱而無和，或和而不知其唱，每開卷雖凝思遐想，茫無依據。至蒐取他集，纔互見一二，復恨不獲覩其全也。將類聚俾成一家，輒局於官守，且未暇。歲在己酉，朅來豫章機幕邵君叔義，實隆興同升，出示巨編目，曰《蘇門酬唱》。迺蘇文忠公與其弟黄門偕魯直而下六君子者，迭爲往復，總成六百六十篇。幸矣！余之嗜鄉偶與叔義同，而精敏不逮遠矣。夫以數十年玩味之餘，與欲爲而未即遂者，一旦欣快所遇，若可矜而振之也，烏知無復有同志者興不可得見之嘆。遂命工鋟木，以廣其傳。紹興元年五月二十四日，永嘉張叔椿書於觀風堂。（《坡門酬唱集》卷首）

邵　浩

【坡門酬唱集引】紹興戊寅，浩年未冠，乃何幸得肄業於成均。朝齏暮鹽，知有科舉計耳，故詩章未暇也。隆興癸未，始得第以歸，有以詩篇來求和者，則藐不知所向。於是取兩蘇公之詩讀之，因得竊窺兩公少年時，交遊未甚廣，往往自爲師友，兄唱則弟和，弟作則兄酬，因事赴韻，莫不字字穩律。……既又念兩公之門下士，黄魯直、秦少游、晁無咎、張文潛、陳無己、李方叔所謂六君子者，凡其片言隻字，既皆足以名世，則其平日屬和兩公之詩，與其自爲往復、決非偶然者，因盡摭而録之，曰《蘇門酬唱》。獨恨方叔有酬無唱，蓋其晚出，相與從遊之日淺也。無事展卷，則兩公、六君子之怡怡偲偲，宛然氣象在，目神交意往，直若與之承歡接辭於元祐盛際，豈特爲賡和助耶！淳熙己酉，浩官於豫章，臨江謝公自中丞遷尚書，均逸未歸，浩出此編，公甚喜，爲作序，且謂：「《蘇門酬唱》則兩公並立，不

如俾老仙專之，更曰《坡門酬唱》，何如？」浩曰唯唯。紹興庚戌四月一日，金華邵浩引。（《坡門酬唱集》卷首）

陳　鵠

晁無咎閑居濟州金鄉，葺東皋歸去來園，樓觀堂亭，位置極蕭灑，盡用陶語名目之。自畫爲大圖，書記其上，書尤妙。始，無咎請開封解，蔡儋州以魁送，又葉夢得舅也，故比諸人獨獲安便。嘗以長短句曰《摸魚兒》者寄蔡，蔡賞歎，每自歌其群從之道語：「余夢無咎監泗州税，何祥也？」已而吏部調知達州，張無盡改泗州。言者論罷，令赴通州。無咎不樂，艤舟收税亭下。以疾不起，果有數乎？（《耆舊續聞》卷三）

李心傳

建炎四年秋七月丁巳，申命元祐黨人子孫經所在自陳，盡還應得恩數。……臣愚以謂元祐之宰執侍從，大率多賢，其德行事業，皆在人耳目，其元任官職，易以追考。又其餘官，若程頤、鄭俠……晁補之……其姓名官職，章章可見。臣愚欲乞特降親筆，應元祐宰執侍從、前項程頤等，並與盡復官職贈謚，盡還致仕遺表恩例。（《建炎以來繫年要録》卷三十五）

張侃

【跋揀詞(節録)】樂府之壞，始於玉臺雜體，而《後庭花》等曲，流入淫侈。極而變爲倚聲，則李太白、温飛卿、白樂天所作《清平樂》、《菩薩蠻》、《長相思》。我朝之士晁補之，取《漁家傲》、《御街行》、《豆葉黄》作五七字句，東萊吕伯恭編入《文鑑》，爲後人矜式。(《張氏拙軒集》卷五)

趙與時

曾端伯慥以所編《百家詩選》遺孫仲益，仲益復書云：「……覩每觀公叙諸詩，詞句温麗，紀次詳實，尊賢樂善，得詩人本意。歎仰之餘，又見曾存之、晁無咎、廖明略諸公，已推重于幼學之初，而一時名勝，皆其儔匹，然後知公致力于斯文久矣。(《賓退録》卷六)

孫奕

【四印】晁無咎《行路難》云：「贈君珊瑚夜光之角枕，玳瑁明月之雕牀，一繭秋蟬之麗縠，百和更生之寶香。」黄魯直《送王郎》云：「酌君以蒲城桑落之酒，泛君以湘纍秋菊之英，贈君以黟川點漆之墨，送君以陽關墮淚之聲。酒澆胸次之磊隗，菊制短世之頹齡，墨以傳千古文章之印，歌以寫一家兄弟之情。」此誠相若，然魯直辭雄意婉，壓倒無咎。原其句法，實有來處，得非顧况《金璫玉珮歌》云「贈君金瓊大霄之玉珮，金鎖禹步之流珠，五嶽真君之祕籙，九天文人之寶書」，晁、黄得奪胎换骨之活法於此者乎？（《履齋示兒編》卷十）

魏了翁

【黄太史文集序（節録）】二蘇公以詞章擅天下，其時如黄、秦、晁、張諸賢，亦皆有聞於時，人孰不曰：「此詞人之傑也。」是惡知蘇氏以正學直道周旋於熙、豐、祐、聖間，雖見愠於小人，而亦不苟同於君子，蓋視世之富貴利達，曾不足以易其守者。其爲可傳，將不在兹乎？諸賢亦以是行諸世，皆坐廢棄，無所悔恨。（《鶴山先生大全文集》卷五十三）

【游忠公仲鴻鑑虚集序（節録）】嘉泰三年秋，予召入學省，道漢嘉，始識游忠公。居旬浹，歷歷爲予道紹熙末年事，未嘗不欷歔感慨也。……君壯時猶及見蘇黄門，黄門謂言：「使得見先兄，當不在六君子下。一時所交如唐子西、張芸叟，皆敬稱之。」其文之有傳，雖不遇猶遇，雖死猶不死也。（同上卷五十六）

岳　珂

【晁無咎金山詩帖行書七行】倍□中叔父發運右司，□□山次韻高唱，□中補之再拜。

報國身無用，還山計可成。煙霞異塵世，江海慰高情。幸繼阮咸集，恐慙疏受聲。清詩逢絶景，未覺負平生。

右建中靖國太史、禮部郎中晁公補之字無咎《金山詩》帖，真蹟一卷。予在潤十年，紫金之游屢矣，覽唐人之遺跡，以及于本朝，雲濤月波，豪思傑語，慨然在目。……贊曰：我登呑海，而帖適至，事雖偶然，不啻有意。彼江山者，秀無古今，丘壑市朝，則二其心。……(《寶真齋法書贊》卷十八)

編者按：所引晁詩原有闕字，按《雞肋集》卷十五原詩補正。

俞文豹

晁無咎曰：「好名好利，均爲失德。好名者猶有所畏，好利者無所不爲。」薛季宣曰：「好名，特爲學問之累。人主誠得人，人好名畏義，何向不濟！」(《吹劍録外集》)

羅大經

【石牛洞詩】荆公《題舒州山谷寺石牛洞泉穴》云：「水泠泠而北出，山靡靡以旁圍，欲窮源而不得，竟悵望以空歸。」晁無咎編《續楚詞》，謂此詩具六藝群書之餘味，故與其經學典策之文俱傳。朱文公編《楚詞後語》，亦收此篇。(《鶴林玉露》甲編卷五)

【杜陳詩】范二員外、吴十侍御訪杜少陵於草堂，少陵偶出，不及見，謝以詩云：「暫往比鄰去，空聞二妙歸。幽棲誠簡略，衰白已光輝。野外貧家遠，村中好客稀。論文或不愧，重肯欵柴扉。」陳後山在京師，張文潛、晁無咎爲館職，聯騎過之。後山偶出蕭寺，二君題壁而去。後山亦謝以詩云：「白社雙林去，高軒二妙來。排門衝鳥雀，揮壁帶塵埃。不憚升堂費，深愁載酒回。功名付公等，歸路在蓬萊。」杜、陳二時之事相類，二詩醖藉風流，亦未易可優劣。（同上丙編卷六）

李　龏

【集句】霜晴十月玉谿村，占盡風情向小園。采石浪寒青冢暗，是誰招此斷腸魂。晁補之、林君復、義銛、黄魯直。（《梅花衲》）

吴子良

【陳耆卿篔窗集序】宋東都之文，以歐、蘇、曾倡，接之者無咎、無己、文潛，其徒也。宋南渡之文，以吕、葉倡，接之者壽老，其徒也。葉公晚見之，驚詫起立，爲序其所著《論孟紀蒙》若干卷，《篔窗初集》若干卷，以爲學游、謝而文晁、張也。（《篔窗集》卷首）

陳　郁

周邦彦字美成，自號清真，二百年來以樂府獨步。……至於詩歌，自經史中流出。當時諸名家如晁、張，皆自嘆以爲不及。（《藏一話腴》外編卷上）

闕　名

《群玉堂法帖》十卷，共一百四十一段。……第九卷：李後主、錢忠懿……秦淮海、張右史、晁吏部、李姑溪、李龍眠。（《南宋館閣續録》卷三）

林希逸

【讀黄詩（節録）】我生所敬涪江翁，知翁不獨哦詩工。逍遥頗學漆園吏，下筆縱横法略同。自言錦機織錦手，興寄每有《離騷》風。内篇外篇手分别，冥搜所到真奇絶。頡頏韓柳追莊騷，筆意尤工是晚節。兩蘇而下秦、晁、張，閉門覓句陳履常。當時姓名比明月，文莫如蘇詩則黄。（《竹溪十一稿詩選》）

闕　名

宋哲宗元祐八年十二月甲寅詔令：於秘書省置局，差范祖禹、王欽臣充編修官，内范祖禹兼領回報交字，宋匪躬、晁補之充檢討，仍具畫一申尚書省。（《皇宋通鑑長編紀事本末》卷九十三）

紹聖四年二月庚辰詔：……晁補之，爾向以險邪之資，力附奸惡之黨，表裏倡和，阿附導諛。可落祕閣校理，依前官添差監處州鹽酒税。（同上卷一百二）

宋徽宗崇寧元年五月乙亥詔：……朝散郎知密州晁補之……并送吏部，與合入差遣。（同上卷一百二十

一）

崇寧元年九月己亥御批：付中書省，應係元祐譎籍并元符末叙復過當之人，各具元籍，定姓名人數進入，仍常切契勘，不得與在京差遣。……餘官秦觀、……晁補之、黄庭堅……(同上)

崇寧二年四月乙亥詔：三蘇、黄、張、晁、秦及馬涓文集、范祖禹《唐鑑》……等印板，悉行焚毁。(同上)

崇寧二年八月辛丑，臣僚上言……欲乞特降睿旨，具列姦黨，以御書刻石端禮門姓名下外路州軍，於監司長吏廳立石刊記，以示萬世。從之。御史臺鈔録到下項元祐姦黨。……餘官秦觀……晁補之……詔：緣姦黨入籍并子弟等，除曾任監司罷任指定與知州人外，將其餘不得到闕。(同上)

崇寧三年六月甲辰詔：元符末姦黨並通入元祐籍，更不分三等。應係籍姦黨已責降人，並各依舊。除今來入籍人數外，餘並出籍。……餘官秦觀、原注：故。黄庭堅、晁補之、張耒……(同上卷一百二十二)

崇寧五年正月丁未，大赦天下。……詔：已降指揮，除毁元祐姦黨石刻，及與係籍人叙復注擬差遣……晁補之、李格非……并令吏部與監廟差遣。(同上卷一百二十四)

崇寧五年三月戊戌詔：應舊係石刻人，除第三等許到闕外，餘并不得到闕下。……餘官第二等秦觀、張耒、晁補之……(同上)

崇寧元年正月癸未，曾布奏事訖。先是温益留對，乞因事削劉奉世、張舜民、劉安世、吕希純、王覿等職名，又言晁補之知河中不當。上指令曾布看過，卻取進來。益以示布，布答益曰：因事黜之，自當然也。安世、希純落職在四月十三日，奉世在五月十四日，舜民在四月十七日，覿在五月十一日。至是布留，上心知爲此，故並留益。布對如前。上曰：「元祐之人，訴訾先朝，義不可容。今閭巷之人，尚知父子之義，朕豈可已因言罷補之郎官，却與河中，似此皆過當。」(同上卷一百三十)

陳振孫

【雞肋集七十卷】吏部員外郎鉅野晁補之無咎撰。(《直齋書録解題》卷十七)

【豫章集四十四卷宛邱集七十五卷後山集二十卷淮海集四十六卷濟北集七十卷濟南集二十卷】蜀刊本，號《蘇門六君子集》。(同上)

【晁君成集十卷別集一卷】新城令晁端友君成撰，東坡爲作序，補之，其子也。(同上卷二十)

【晁無咎詞一卷】晁補之撰。晁嘗云：「今代詞手惟秦七、黄九，他人不能及也。」然二公之詞，亦自有不同者。若晁無咎，佳者固未多遜也。(同上卷二十一)

王應麟

晁無咎《求志賦》：「訊黄石以吉凶兮，棋十二而星羅。曰由小基大兮，何有顛沛？」謂《靈棋經》也。《異苑》云：「十二棋卜，出自張文成，受法於黄石公，行師用兵，萬不失一。東方朔密以占衆事。」(《困學紀聞》卷十七)

周密

【作文自出機杼難】曾子固熙寧間守濟州，作北渚亭，蓋取杜陵《宴歷下亭》詩「東藩駐皂蓋，北渚陵清河」之句。至元祐間，晁無咎補之繼來爲守，則亭已頹毁久矣。補之因重作亭，且爲之記。記成，疑其步驟開闔類子固擬《峴臺記》，於是易而爲賦，且自序云：「或請爲記，答曰：『賦，可也。』」蓋寓述作之初意云。然所序晉、齊攻戰，三周華不注之事，雖極雄贍，而或者乃謂與坡翁《赤壁》所賦孟德、周郎之事略同，補之豈蹈襲者哉！大抵作文欲自出機杼者極難，而古賦爲尤難。「惟陳言之務去，戛戛乎其難哉！」雖昌黎亦以爲然也。（《齊東野語》卷五）

蘇東坡書晁無咎詞云：「東武城南連隄就，郟湛初溢。」今刊本作「東武南城新隄固，漣漪初溢」，非也。

（《雲烟過眼録》卷上）

蔡正孫

《復齋漫録》云：「子厚《寄劉夢得》詩，蓋其家有右軍書，每紙背庾翼題云：『王會稽六紙。』其詩謂此也。夢得有《酬家雞之贈》，乃答子厚詩也。其中所謂『柳家新樣元和脚』，人竟不曉。高子勉舉以問山谷，山谷云：『取其字製之新，昔元豐中，晁無咎作詩文極有聲，陳後山戲之曰：「聞道新詞能入樣，相州紅纈鄂州花。」蓋相纈織鄂州花也。則「柳家新樣元和脚」者，其亦此類歟。』予頃見徐仙者，效山谷書。而陳後山以詩紀之，有『黄家元祐様』之語，則山谷之言無可疑也。最後見東坡《柳氏求筆迹》詩，亦有此語，並附於左。」(《詩林廣記前集》卷四)

林景熙

【胡汲古樂府序(節録)】樂府，詩之變也。詩發乎情，止乎禮義，美化厚俗，胥此焉寄？豈一變爲樂府，乃遽與詩異哉！宋秦、晁、周、柳輩，各據其壘，風流醞藉，固亦一洗唐陋而猶未也。荆公《金陵懷古》末語《後庭》遺曲，有詩人之諷。裕陵覽東坡月詞，至「瓊樓玉宇，高處不勝寒」，謂蘇軾「終是愛君」。由此觀之，二公樂府，根情性而作者，初不異詩也。(《霽山集》卷三)

張炎

【雜論(節録)】晁無咎詞名「冠柳」，琢語平帖，此柳之所以易冠也。(《詞源》卷下)

編者按：夏承燾注云：晁無咎詞不名「冠柳」，著《冠柳集》的是王觀。《花庵詞選》云：「序者稱其高於柳永，故名『冠柳』。」張炎説誤。

二　金　元

王若虛

大抵詩話所載，不足盡信。「池塘生春草」有何可嘉，而品題者百端不已。荊公《金牛洞》六言詩初亦常語，而晁無咎附之《楚辭》，以爲二十四字而有六籍群言之遺味。書生之口，何所不有哉！（《滹南遺老集》卷三十八）

晁無咎云：「眉山公之詞短于情，蓋不更此境耳。」陳後山曰：「宋玉不識巫山神女而能賦之，豈待更而後知，是直以公爲不及于情也。嗚呼，風韻如東坡，而謂不及于情，可乎？彼高人逸才，正當如是，其溢爲小詞而間及于脂粉之間，所謂滑稽玩戲，聊復爾爾者也。若乃纖艷淫媟，入人骨髓，如田中行、柳耆卿輩，豈公之雅趣也哉？」（同上卷三十九）

近讀《東都事略·山谷傳》云：庭堅長于詩，與秦觀、張耒、晁補之游蘇軾之門，號四學士，獨江西君子以庭堅配軾，謂之蘇黄。蓋自當時已不以是爲公論矣。（同上）

胡祇遹

【題梵隆述古圖】寫萬象易，寫人物難。山水、雲烟、昆蟲、草木皆有定質，惟人也，得二五最秀最靈之精英。自有生人以來，而至於今，後至無窮，面面不同，上而大聖大賢，下而至愚至賤，賦分稟受，又復天壤。每觀畫師寫塵俗之人，則十九得真；寫高人勝士，則百不得其一二。蓋高人勝士，又得天地之奇氣，雖造物不易生成，畫工塵臆豈能得真彷彿？非李龍眠，則不能形容蓮社諸英賢：蘇東坡、黄山谷、米南宫、李伯時、蘇黄門、晁無咎、張文潛、秦少游、楊巨濟、僧圓通、王仲至、陳碧虚、鄭靖老、蔡天啟、王晉卿、李端叔十六人。想見風采一時龍鸞，唯龍眠能儀形之。梵隆此幅，亦庶幾欲造龍眠之門牆者歟？（《紫山大全集》卷十四）

郝經

【原古録序（節録）】中統七年春王正月，猶在宋之儀真館。十五日己未，《原古録》成，敘曰：「……宋之楊億、王禹偁……張耒、秦觀、晁無咎，金源之韓昉、蔡珪、黨世傑、趙渢……則鼓吹風雅，鋪張篇什，藻飾綸綍，列上書疏，敷陳利害，詰竟議論；雕繪華采，琱琢章句，掐抉造化；窮極筆力，精覈義理，照耀竹帛；劖刻金石，搖撼天地，陵轢河山；剴切星斗，推盪風雲，震疊一世。作爲文章，皆有書，有集，有簡，有策，名家傳後。（《郝文忠公集》卷二十九）

方回　附馮舒等諸家評

《瑶池集》通議大夫徽猷閣待制秦鳳路經略安撫使知秦州郭思所著，蓋詩話也。……元祐黄、陳、晁、張、秦少游、李方叔諸公，無一語及之，惟引蘇長公軟飽黑甜一聯及筆頭上挽得數萬斤語。於歐、蘇皆字之，而於荆公獨王之，蓋宣靖間時好荆公詩。（《桐江集》卷七）

【送羅壽可詩序（節録）】蘇長公踵歐陽公而起。王半山備衆體，精絶句、古五言或三謝。獨黄雙井專尚少陵，秦、晁莫窺其藩。（《桐江續集》卷三十二）

《感梅憶王立之》　方回：晁叔用名冲之，自號具茨，有集。入江西派。晁氏自文元公迥至補之無咎五世，世有文人。無咎之父端友，字君成，詩逼唐人，有《新城集》。無咎有《濟北集》。從弟説之，字以道，號景迂，有《景迂集》。以道親弟詠之，字之道，有《崇福集》。補之、詠之，《四朝國史》已入《文藝傳》。叔用此詩，蓋學陳後山也。　陸貽典：以後山接老杜，終身不解也。　馮舒：亦清挺。　紀昀：似平易而極深穩，斯爲老輩。　許印芳：此評的當。此種詩斷非初學所能到，虚谷之言不足信也。（《瀛奎律髓彙評》卷二十梅花類）

編者按：《瀛奎律髓彙評》，録有方回、馮舒、馮班、錢湘靈、陸貽典、查慎行、何義門、紀昀、無名氏（甲）、許印芳、無名氏（乙）、趙熙諸家評語。今録於此，以備參考。

《次韻李秬梅花》　方回：蘇門諸公以魯直、少游、無咎、文潛爲四學士，併陳無己、李方叔，文集傳世，號六君子。文名下無虛士，讀其詩則知之。三、四佳。五、六似近崑體，以用事故也。尾句婉而妙，謂清溪照影，雖若可恨，然移此影落富貴家酒杯中，亦似未肯也。　馮班：末句反說了，正是要落金杯。　紀昀：詩語乃惜其如許高潔。而影落金杯，非言其不肯，此解未合。○亦是習徑。五、六尤不佳。（同上）

《次韻李秬牡丹》　馮班：題恐有誤。○貧寒之極，不稱此題。　紀昀：三、四着力做出，而終不自然。（同上卷二十七着題類）

《次韻李秬雙頭牡丹》　方回：既是選「着題」詩，此二詩不可删也。二喬、雙隗，歸人事，以譬牡丹可耳。兩篇各有一絶奇佳句，圈者是也。（《彙評》之編者按：方回於上一首「百花渾似不曾開」、此首「風前各自一般愁」二句傍字字加圈。）　紀昀：有何不可删？極不佳。　馮舒：二喬、雙隗佳，恨句未煉。小喬嫁公瑾，不入吴宫。「新獲吴宫怯」，不成語。且長沙亦未稱宫。　紀昀：刻畫「雙」字更鄙陋。五、六不見是牡丹。（同上）

劉壎

【奪胎換骨】唐劉禹錫作《柳州文集序》云：「韓退之曰：雄深雅健，似司馬子長，崔、蔡不足多也。」崔謂崔瑗，蔡謂蔡邕。山谷詠張文潛詩亦用此意。有曰：「晁、張、班、馬手，崔、蔡不足云。」其善於奪胎如此，而世或未之知也。（《隱居通議》卷十一）

張之翰

【方虛谷以詩餞余至松江因和韻奉答（節録）】作詩作文乃如此，況復大小樂府詞。留連光景足妖態，悲歌慷慨多雄姿。秦、晁、賀、晏、周、柳、康，氣骨漸弱孰綱維？稼翁獨發坡仙祕，聖處往往非人爲。（《西巖集》卷三）

袁桷

【題李龍眠雅集圖】龍眠舊作《雅集圖》在元豐間，于時米元章、劉巨濟諸賢皆預，蓋宴于王晉卿都尉家所作也。嗣後詩禍興，京師侯邸皆閉門謝客，都尉竟以憂死，不復有雅集矣。元祐更政，蘇文忠公爲中書舍人，黄太史入史館，張右史、晁河中爲正字，秦少游以品秩最下，亦校黄本書籍。未幾，晁以憂去。又未幾，趙挺之論蘇公、少游、魯直同一疏，否則晁亦在疏中矣。噫！元二之際，號爲翕和，黨論之萌，蓋已兆朕，良可悲也！（《清客居士集》卷四十七）

黄溍

【述古堂記（節録）】《述古圖》本，李伯時效唐小李將軍，用著色寫雲泉花木及一時之人物。按鄭天民先覺所爲記，坐勘書臺捉筆而書者，爲東坡先生。喜觀者爲王晉卿。凭椅而立視者，爲張文潛。按方几而凝竚者，爲蔡天啟。坐盤石上支頤執卷而觀畫者，爲蘇子由。執蕉箑而熟視者，爲黄魯直。凭肩而偶語者，爲陳無己。據横卷而畫《歸去來圖》者，爲李伯時。按膝而旁觀者，爲李端叔。跪膝俯視者，爲晁無咎。坐古檜下擘阮者，爲陳碧虚。袖手側聽者，爲秦少游。昂首而題石者，爲米元章。竚立而觀者，爲王仲至。坐蒲團説無生論者，爲圓通道士。偶坐而諦觀者，爲劉巨濟。凡著幅巾者十有一人。烏帽者二人，而其一爲道帽。仙桃巾、琴尾冠者各一人。衣深衣、紫衣、褐衣者各二人。青衣者四人。黄衣者三人，而其一爲道服。繭衣紫氅、黲衣各一人。一童執靈壽杖，一童捧古研。兩女奴雲鬟翠飾，則王晉卿家姬也。（《金華黄先生文集》卷十四）

許有孚

【圭塘欸乃集引（節録）】至正戊子秋，吾兄中丞公，以賜金得康氏廢園於相城之西池。……公嘗謂：池成，當用晁補之《摸魚子》首句「買陂塘，旋栽楊柳」爲樂府。未幾，明初馬先生先摭此以爲公壽。公歡然，即席和之。命有孚同賦，得二首。池既成，載賡八韻，通爲十闋，以成初意。（《圭塘欸乃集》卷首）

楊維楨

【王希賜文集再序（節録）】吾嘗以近代律今之文，僅得與曾鞏、蘇轍、王安石、李清臣、陳無己之流相追逐相已而中衰也。已不得步武於陸游、劉克莊、三洪，矧葉適、陳傅良、戴溪乎？不得步武於葉適、戴

溪、陳傅良，矧晁、張、秦、黄乎？不得步武於晁、張、秦、黄，矧二蘇、歐陽乎？（《東維子文集》卷六）

脱脱等

【藝文志一（節録）】晁補之《左氏春秋傳雜論》一卷。（《宋史》卷二百二）

【藝文志七（節録）】晁補之《續楚辭》二十卷。又，《變離騷》二十卷。

晁補之《雞肋集》一百卷。《晁補之集》七十卷。（同上卷二百八）

【藝文志八（節録）】《四學士文集》五卷。黄庭堅、晁補之、張耒、秦觀所著。（同上卷二百九）

【杜純傳】杜純字孝錫，濮州鄄城人……熙寧初，以河西令上書言政，王安石異之，引寘條例司，數與論事，薦于朝，充審刑詳議官。……秦帥郭逵與其屬王韶成訟，純受詔推鞫，得韶罪。安石主韶，變其獄，免純官……後拜鴻臚、光禄卿，權兵部侍郎。（《宋史》卷三百三十）

編者按：杜純，晁補之岳父。

【蘇軾傳（節録）】一時文人如黄庭堅、晁補之、秦觀、張耒、陳師道，舉世未之識，軾待之如朋儔，未嘗以師資自予也。（同上卷三百三十八）

【李昭玘傳】李昭玘字成季，濟南人，少與晁補之齊名，爲蘇軾所知。擢進士第，徐州教授……用李清臣薦，爲秘書省正字，校書郎，加秘閣校理……崇寧初，詔以昭玘嘗傾摇先烈，每改元豐敕條，倡從寬之邪説，罷主管鴻慶宮，遂入黨籍中。居閑十五年，自號樂静先生。（《宋史》卷三百四十七）

編者按：李昭玘乃晁補之知交，晁集中記詩文往還甚多。

夏文彦

晁補之，字無咎，濟北人，善畫山水，官至知泗州事。（《圖繪寶鑑》卷三）

馬端臨

【晁無咎雞肋編七十卷】晁氏曰：族父吏部公也。公諱補之，字無咎。（下略）

山谷黄氏曰：「晁補之文章有漢唐間風味，可以名世。往未識晁無咎時，見其作《安南罪言》，天辯縱横，《跋遮曲》奥雅奇麗，常恨同時而不相識。其後得相從甚密。今不見遂十五年，計其文字皆當大進，恨隨食南北，不能相見耳。」

石林《葉氏集序》：「公少警悟絶人，讀太史公書而善之，以爲可至。遇有所得，皆不由町畦，自以意會。其後益縱觀百家，馳騁上下數千載，無不咀其華，而摘其實。故公之文，緩急豐約，隱顯乘除，猝不可以捕詰。如終南太華，峻拔連絡，虎豹龍蛇，騰攫變化。至於優柔宏衍，踈宕邃遠，則朱絃疏越，停雲淵泉，可聽而不可求，可望而不可挹也。蓋嘗自謂，喜左邱明、檀弓、屈原、莊周、司馬遷、相如、枚乘及唐韓、柳氏。天下亦以爲兼得數子之奥，莫敢與之争卒，能自成一家。晚惟文潛與之抗衡，是以後世謂之晁、張云。」（《文獻通考》卷二百三十六）

三 明代

宋濂

【用明禪師文集序(節録)】昔者蘇文忠公與道潛師游，日稱譽之，故一時及門之士若秦太虚、晁補之、黄魯直、張文潛輩，亦皆願交於潛師，相與唱酬於風月寂寥之鄉，宛如同聲之相應，同氣之相求者。有識之士疑之，則以謂潛師游方之外者也。其措心積慮，皆與吾道殊，初不可以强而同。文忠公百世士，及其門者亦英偉非常之流，其於方内之學者，尚不輕與之進，何獨於潛師皆推許之而不置邪？殊不知潛師能文辭，發於秀句，如芙蓉出水，亭亭倚風，不霑塵土；而其爲人脱略世機，不爲浮累所縛，有如其詩，此其所以見稱於君子，而其遺芳直至於今而不銷歇也歟？(《宋學士全集·鑾坡前集》卷八)

【跋西臺御史蕭翼賺蘭亭圖後】予幼時，聞文皇遣蕭翼賺《蘭亭叙》於辨才事，頗疑之，以爲文皇天縱人豪，未必爲是瑣屑也。及覽劉餗傳記，云《蘭亭叙》……以武德二年入秦王府。由此而觀，辨才之師乃智果，非智永；求《蘭亭叙》者乃歐陽詢，非蕭翼也。……或者猶云：「辨才所居雲門寺，有翼留題二詩，秦、晁、黄三公皆信而不疑。」此固不足取以爲據。(《宋學士全集·翰苑别集》卷三)

【答章秀才論詩書(節録)】元祐之間，蘇、黄挺出，雖曰共師李、杜，而競以己意相高，而諸作文廢矣。自此以後，詩人迭起，或波瀾富而句律疎，或煅煉精而情性遠，大抵不出於二家。觀於蘇門四學士及江西宗派諸詩，蓋可見矣。(《皇明文衡》卷二十五)

楊士奇

晁補之《雞肋集》，一部十六册，殘闕。(《文淵閣書目》卷九)

葉　盛

【西園雅集人數】《西園雅集圖》，楊東里云，嘗見熊天慵先生所題詩及黄文獻公《述古堂記》，皆十六人。文獻據鄭天民之記，鄭記作於政和甲午，可徵無疑。但劉松年臨本無張文潛、李端叔、陳無己、晁無咎四人。蓋臨伯時者，如僧梵隆、趙伯詢輩非一人，不能無異矣。楊文敏公題葉石林所序本則云：此十二人，蓋李伯時、王晉卿、蘇氏兄弟、蔡天啟、黄魯直、秦少游、米元章、王仲至、劉巨濟、陳碧虚、圓通大士也。考之鄭天民記，復增張文潛、李端叔、陳無己、晁無咎爲十六人。及觀陳思允所題，則又少李端叔、陳無己二人，爲十四人。今此本於思允所述相似，獨卷首增張文潛爲四人，則與述古堂所記實同，而於石林、天民序記皆不相合。此二説有不同，文敏説亦欠明白，當考。(《水東日記》卷三十四)

晁補之《雞肋集》十六册。(《菉竹堂書目》卷三)

曹安

《西園雅集圖》，宋紹興石林居士葉夢得序，蓋元祐諸賢會駙馬王詵晉卿西園，李伯時即席中所畫也。凡十一人：蘇子瞻，王晉卿，蔡天啟，蘇子由，黄魯直，李伯時，秦少游，陳碧虚，米元章，王仲至，圓通大士。劉巨濟，乃鄭天民記。鄭記作於政和甲午，可信。紹興丁未邵諤進《述古圖圓硯》云：「李伯時效唐小李將軍，用著色寫硯旁，補兹圖。」黄溍作《述古堂記》，增張文潛、陳無己、晁無咎、李端叔四人。劉松年臨伯時圖，無此四人。又，僧梵隆、趙白駒亦臨此十六人，陳思允亦題，又少李端叔、陳無己二人，爲十四人。楊文貞公家藏本則十六人。豈前後會不一，如楊鴻臚東郭草亭之會，在正統中，亦前後不一者耶？……伯時龍眠居士，善繪有名。《雅集圖》有二女子，王晉卿家姬雲英、春鶯也。（《讕言長語》）

吴寬

【晁無咎硯銘有序】莫曰良職方，得宋晁無咎墓中硯，示予，爲之銘曰：

歸來于幽，文氣抑鬱。有發其藏，從九原出。絳人濕膚，濟水莫祓。視之黟然，古雅而質。嗟豈有脛，倏焉入室。將託後人，以續其《七述》乎？無咎號歸來子，鉅野人。少遊杭，曾作《七述》。（《匏翁家藏集》卷四十七）

李東陽

【莫職方日得晁無咎墓中硯爲之銘曰】名以文致，死殉以器。後三百年，誰發其秘？惟名與器，神不輕畀。兹幸在子，吾于子乎試。（《李東陽集·文前稿》卷二十）

何孟春

黄魯直贈晁無咎詩有「執持荆山玉，要我雕琢之」句，蓋無咎曾從山谷問詩故耳。山谷後賞愛高荷詩，和其韻云：「張侯海内長句，晁子廟中雅歌。高郎少加筆力，我知三傑同科。」張謂文潛，晁即無咎。石林云無咎於此頗不平也。昔石介作《三豪》詩，升杜默於詩豪，列歐陽永叔間，而永叔歡然，且有「我濫一名之贈」，東坡謂公不争名，且爲介諱失也。黄山谷贈高荷詩，而晁爲不平，方之歐公，褊矣。（《餘冬詩話》卷下）

黄琮

【重修少游書院記】書院在海棠橋之西。……按張侯之斷珉，得祝生之故址，而復亭之舊。擴其基爲堂爲舘，以爲諸生期講之所，堂曰「淮海」，舘曰「浮槎」，識其舊也。既以掃除之役請于守巡諸公，皆優免焉，豈非天理人心之不容己者耶？將成，偶得晁無咎之像於學宫之隙，零落殆盡，而光霽宛然，爲建炎元年之名也。質諸横，無一知者。因念二公同時俱盛名，而皆不遇以死，其遺蹟顯晦亦復相符，似非偶然者。遂登之浮槎之館，而并記之。（清光緒本《横州志》卷十二）

楊　慎

【香霧髓歌（節録）】君不見，東坡先生密雲龍，緘藏遠自朝雲峰。宛丘、淮海四學士，分江貯月初啟封。又不見，升菴老人香霧髓，獅頭瑞柑萍實比。香霧噀人星髓開，錫以嘉名漢池始。龍團獅柑各有神，江陽玉局共稱珍。若把西湖比西子，從來佳茗似佳人。（《太史升庵全集》卷二十五）

【開梅山（節録）】宋章惇《開梅山》詩云：「開梅山，梅山萬仞摩星躔。捫蘿鳥道十步九曲折，時有僵木横崖顛。負麻直上視南岳，回首蜀道猶平川。人家迤邐列板屋，火耕磽确名畬田。穿堂之鼓堂穿壁，兩頭擊鼓歌聲傳。長藤弔酒跪而飲，何物爽口鹽爲先。……伊溪之源最沃壤，擇地作邑民争先。大開庠序明禮樂，撫柔新俗威無專。小臣作詩諧樂府，梅山之崖石可鐫。此詩可勒不可泯，頌聲萬古長潺湲。」惇之此詩，專頌開梅山之利。又按濟北晁無咎《開梅山》一篇云：「開梅山，梅山開自熙寧之五年。……開梅山，開山易，防獠難，不如昔人閉玉關。」則言不必開，蓋因章惇小人專其事，爲清議所不與也。（《升菴詩話》卷十）

【諺語有文理（節録）】余嘗戲集諺語爲古人詩詞中所引者數條，今附于此。……「風花雲起，下散四野，如烟霧也。」晁無咎詩用之。「明日揚帆應復駛，蒸雲散亂作風花。」（同上卷十三）

【李芳儀(節録)】芳儀，江南國主李景女也。納土後住京師，初嫁供奉官孫某，爲武彊都監妻，生女，皆爲遼中聖宗所獲，封芳儀，生公主一人。趙至忠虞部自北虜歸朝，嘗仕遼爲翰林學士，修國史，著《虜庭雜記》，載其事。時晁補之爲北部教官，覽其書而悲之，與顔復長道作《芳儀曲》云。（曲略）(《升菴詩話·附録》)

【密雲龍】密雲龍，茶名，極爲甘馨。宋廖正一，字明略，晚登蘇東坡之門，公大奇之。時黄、秦、晁、張號「蘇門四學士」，東坡待之厚。每來，必令侍妾朝雲取密雲龍。家人以此知之。一日，又命取密雲龍，家人謂是四學士，窺之，乃廖明略也。(《詞品》卷三)

姜南

【祭東坡文(節録)】毗陵顧塘北，有蘇東坡先生祠，宋乾道壬辰郡守晁子健所築。……子健又訪士大夫家，得先生繪像，或朝服，或野服，凡十本，摹置壁間。復列少公轍，與黄魯直庭堅、張文潛耒、晁無咎補之、秦少游觀、陳無已師道六君子於兩序，與先生皆設塑像，釋奠則分祀。又鑱與無咎往來帖，晁侍郎公武爲之記。其碑有二，一在郡齋，一在宜興洞靈觀，後悉燬不存。(《蓉塘記聞》)

王世貞

李太白有「人烟寒橘柚，秋色老梧桐」句，而黄魯直更之曰：「人家圍橘柚，秋色老梧桐。」晁無咎極稱

之，何也？余謂中只改兩字，而醜態畢具，真點金作鐵手耳。（《藝苑卮言》卷四）

李　贄

【書蘇文忠公外紀後】卓吾曰：蘇長公以文字故獲罪當時，亦以文字故取信於朋友，流聲於後世，若黄、秦、晁、張皆是也。略考仁、英、神、哲之朝，其中心悦而誠服公者，蓋不止此，蓋已盡一世之傑矣，黄、秦、晁、張特其最著者也。然則爲黄、秦、晁、張者，不亦幸乎！雖其品格文章足以成立，不待長公而後著，然亦未必灼然光顯以至於斯也。（《續焚書》卷二）

朱謀垔

晁補之，字無咎，濟北人，官至知泗州。自畫山水留春堂大屏上，題云：「胸中正可吞雲夢，盞里何妨對聖賢。有意清秋入衡霍，爲君無盡寫江天。」又題自寫山水寄人云：「虎觀他年清汗手，白頭田畝未能閑。自嫌麥壠無佳思，戲作南齊百里山。」陳無已獨愛重其蹟，亦嘗詠其扇云：「前身阮始平，今代王摩詰。偃屈蓋代氧，萬里入咫尺。」（《畫史會要》卷二）

焦　竑

晁補之《緡城集》八卷，又《雞肋集》一百卷，又《濟北集》七十卷。（《國史經籍志》卷五）

陳第

《晁無咎詞》一卷。（《世善堂藏書目録》卷下）

《廣象勢圖》一卷。晁補之。（同上）

沈際飛

【臨江仙（緑暗汀洲三月暮）】「半蒿」二句不第情深，句法亦唐人許可。（《草堂詩餘正集》卷二）

【洞仙歌（青煙幕處）】後段洗盡凡心。（同上卷三）

【憶少年（無窮官柳）】音調促促，重來絶不堪算。（《草堂詩餘别集》卷一）

胡應麟

晁無咎《廣象戲圖序》云：「象戲，戲兵也。黄帝之戰，驅猛獸以爲陣。象，獸之雄也，故戲兵而以象戲名之。」棋之有象起宋世，此亦可徵。晁序蓋文士筆端，不考事實，且未别命名之義也。晁温公七國棋，雖名象戲，實圍棋局也，今傳於世。縱横各十九路，特周處中，並四路爲一小異耳。晁無咎《廣象戲圖》，亦各十九路，而碁用九十八。世但知温公七國，而晁戲絶無知者，因並識之。《序》載《文獻通考》。（《少室山房筆叢》卷六）

象戲亦有十九路者，宋晁無咎《廣象戲圖》局十九路，子九十八。今温公《七國譜》傳，晁譜鮮知，因録其《序》云：「象戲，戲兵也。黄帝之戰，驅猛獸以爲陣。象，獸之雄也，故戲兵而以象戲名之。余爲兒時無他弄，見設局布棋爲此戲者，縱横出奇，愕然莫測，以爲小道可喜也。稍長，觀諸家陣法，雖畫地而守，規矩有截，而變化舒卷，出入無倪，其説亦可喜。暇時因求所謂象戲者，欲按之以消永日。蓋局縱横路十一，棋三十二，爲兩軍耳，意苦其狹也。嘗試以局縱横路十九、棋九十八廣之，意少放焉。然按圖置物，計步而使，終亦膠柱而已矣。而智者用之，則十九者之間，盡强弱之形；九十八者之間，盡死生之勢；而十九九十八之外，死生强弱，可循環無窮。飽食終日，得吾説而爲之，則涿鹿之縱横，猶目前矣。」右序載馬端臨《文獻通考·譜録·琴棋類》。據晁則宋時象棋，縱横皆十一路，而今縱十路，横九路，與宋時頗不合。（同上卷四十）

七言律詠物，盛唐惟李頎梵音絶妙。中唐錢起題雪，雖稍着迹，而聲調宏朗，足嗣開元。晚唐「鴛鴦」、「鷓鴣」，往往名世，而格卑不足取。宋人詠物雖乏韻，格調頗不卑也。……晁無咎《雙頭牡丹》：「二喬新獲吴宫怯，雙隗初臨晉帳羞。月底故應相伴語，風前各是一般愁。」……咸佳作也。（《詩藪外編》卷五）

宋世人才之盛，亡出慶曆、熙寧間，大都盡入歐、蘇、王三氏門下。……黄魯直、秦少游、陳無己、晁無咎、張文潛、唐子西、李方叔、趙德麟、秦少章、毛澤民、蘇養直、邢惇夫、晁以道、晁之道、李文叔、晁伯宇……皆從東坡遊者。（《詩藪雜編》卷五）

又《居仁詩話》載晁詠之《西池》詩：「旌旗太乙三山外，車馬長楊五柞中」，「柳外雕鞍公子醉，花邊紈扇麗人行」。精鍊宏整，足稱宋人佳句第一。惜全篇不可見，并識此。晁氏最多才，説之、詠之、冲之、補之，皆兄弟也。（同上）

晁補之在六君子中獨不以詩名，而詩特工，詞亦可喜。又世絶不名其書，今褚《枯樹賦》有其跋，字盡雄放，信名下士也。（同上）

宋諸人詩掩於文者，宋景文、蘇明允、曾子固、晁無咎；掩於詞者，秦太虚、張子野、賀方回、康與之。（同上）

陳繼儒

【蘇門六君子文粹序】古今第一好士者，無如蘇子瞻長公。子由曰少公。……文潛少公客，非長公客也。少游、無咎遊長公門久，皆先。文潛殁其後。……惜其集或以避黨禁而毁，或以遇兵燹，歲久而亡。胡仲修具擇法眼，其購訪海内藏書之家，而續行之。可乎？則請先質諸牧齋太史氏。雲間白石山七十七老人陳繼儒叙。（《蘇門六君子文粹》卷首）

李伯時《西園雅集圖》有兩本：一本作於元豐間，王晉卿都尉之第；一本作於元祐初，安定郡王趙德麟之邸。董玄宰從長安買得團扇上者，米襄陽細楷極精，寄書報余云，爲此橐裝滤矣，但不知何本也。余别見仇英所摹，復有文休承跋者。（《太平清話》卷一）

宋晁補之《照碧堂記》云：「去都而東，順流千里，皆桑麻平野，無山林登覽之勝。然放舟通津門，不再宿至於宋。其城郭闤閈，人民之庶，百貨旁午，以視他州，則浩穰亦都也。而道都來者，則固已曠然，見其爲寬閑之土而樂之。初，補之以校理佐淮南公，從宴湖上。後謫官于宋，登堂必慨然懷公，拊檻極目天，垂野盡，意若遐騖太空者。花明草薰，百物娬媚，湖光瀰漫，飛射堂棟，長夏畏日，坐見風雨自堤而來，水波紛妝，柳摇而荷靡，鷗鳥盡舞，客顧而嬉，翛然而不能去。蓋不獨道都來者以爲勝，雖饜於吴楚登覽之樂者，渡淮而北則不復有。至此亦躊躇徜徉而喜矣。」（《銷夏部》卷四）

袁中道

【南北遊詩序（節録）】昔子瞻兄弟，出焉名士，領袖其中。若秦、黄、陳、晁輩，皆有才有骨有趣者，而秦之趣尤深。（《珂雪齋近集》卷三）

張　萱

【晁無咎能畫】唐以後，文人未有不能畫者。如晁無咎未嘗以畫名，偶閲《陳後山詩集》，有《晁無咎畫山水扇》詩云：「前生阮始平，今代王摩詰。偃屈蓋代氣，萬里入方尺。」則無咎之畫亦有足觀，惜世不傳耳。若阮始平能畫，《畫譜》未嘗載，後山詩可以補其闕矣。（《疑耀》卷三）

毛　晉

【無咎題跋跋】無咎之父君成，居官深静，能文與詩，亦不求人知，藏集十卷有奇。無咎能乞東坡一序以傳。東坡以君子稱之，併稱無咎「於文無所不能，博辨俊偉，絶人遠甚，將必顯於世」。後果爲神宗所舉，御批其文曰：「是深於經術，可革浮薄。」其題跋絶無浮薄之調。極慕陶靖節爲人，忘情仕進，方踰知命之年即引退，葺歸來園，自號歸來子。嘗游戲小道，撰《廣象戲圖》一卷，惜不得與李翺《五木經》並存，以作戲兵。海隅毛晉識。

余始見東坡先生所記猪母佛，不勝驚異，擬援唐文宗蛤中觀世音像等事，標諸《戒殺文》之首，繼讀無咎先生所作《猪齒臼化佛贊》及《序》，益動捨熱血汁。想昔馮具區先生見斯文，極爲歎賞，曰：「朗誦一過，不覺毛竪皮粟，汗出泣下。」無咎嘗參圓通、海覺二士，晚年又見揩老，而東坡、山谷俱爲師友，故其見解卓絶如此。至文章華妙又剩事。厺余向誓：願集唐宋以來弘道明教之文，續梁僧祐、唐僧道宣之後，以羽翼法門。如無咎此篇，寧可不入大藏邪？因刻題跋之後，以爲嚆矢云。晉又識。

（《無咎題跋》後附）

【宛丘題跋跋】元祐間蘇子瞻方爲翰林，豫章黄魯直、高郵秦少游、濟北晁無咎、譙郡張文潛俱在館中，趨學蘇門，世號「四學士」。子瞻遇之甚厚，每集，必命侍姬朝雲取密雲龍飲之。一時文物之盛，自漢迄唐未有也。……蘇長公嘗品第諸子云：晁無咎雄健俊拔，筆力欲挽千鈞。張文潛容衍靖深，若不

得已于書者。……海隅毛晉識。（《宛丘題跋》後附）

【晁無咎琴趣外篇跋】無咎雖游戲小詞，不作綺艷語，殆因法秀禪師諄諄戒山谷老人，不敢以筆墨勸淫耶？大觀四年卒於泗州官舍。自畫山水留春堂大屏，上題云：「胸中正可吞雲夢，琖底何妨對聖賢？有意清秋入衡霍，爲君無盡寫江天。」又詠《洞仙歌》一闋，遂絶筆。（同上）

四　清代

錢謙益

【蘇門六君子文粹序】崇禎六年冬，新安胡仲修氏訪余苫次，得宋人所緝《蘇門六君子文粹》以歸，刻之武林，而余爲其序曰：六君子者，張耒文潛、秦觀少游、陳師道履常、晁補之無咎、黄庭堅魯直、李廌方叔也。史稱黄、張、晁、秦俱游于蘇門，天下稱爲四學士。而此益以陳、李。蓋履常元祐初以文忠薦起官，晚欲參諸弟子間；方叔少而求知，事師之勤渠，生死不間，其繫於蘇門宜也。當是時，天下之學，盡趨金陵，所謂黄茅白葦，斥鹵彌望者。六君子者，以雄駿出群之才，連鑣於眉山之門，奮筆而與之爲異。而履常者，心非王氏之學，熙寧中，遂絶意進取，可謂特立不懼者矣。方黨論之再熾也，自方叔外，五君子皆坐黨，履常坐越境出見，文潛坐舉哀行服，牽連貶謫。其擊排蘇門之學，可謂至矣。至於今，文忠與六君子之文，如江河之行地。而依附金陵之徒，所謂黄茅白葦者，果安在哉？

（《牧齋初學集》卷二十九）

【虞山詩約序】陸子敕先撰里中同人之詩，都爲一集，命之曰《虞山詩約》，過而請於余曰：「願有言也。」……余竊聞之，太史公曰：《國風》好色而不淫，《小雅》怨誹而不亂。若《離騷》者，可謂兼之。故夫

《離騷》者，《風》、《雅》之流別，詩人之總萃也。《風》、《雅》變而爲《騷》，《騷》變而爲賦，賦又變而爲詩。昔人以謂譬江有沱，乾肉爲脯。而晁補之之徒，徒取其音節之近楚者以爲楚聲，此豈知《騷》者哉？（同上卷三十二）

【蘇門六君子文粹】六君子：秦、晁、黄、張、陳、李也。崇禎間，新安胡仲修刻於杭州，牧翁爲序。（《絳雲樓書目》卷三）

胡仲修

【蘇門六君子文粹凡例（節録）】是編向傳陳同甫所輯，底本尚是宋人繕寫，然不著姓名，不敢遽籍，重於疑似之間。第鑒裁精審，寧嚴勿恕。

蘇門四學士，《宋史》所載，而秦、黄名早著。讀晁、張集，乃知未可軒輊也。

《雞肋集》世多鈔本，聚諸鈔本參對，無一同者，其訛謬可知。後得一宋刻本讎校，遂無舛錯。是編所收，甲於五子其持論古史，鑿鑿可觀。（《蘇門六君子文粹》卷首）

盧世㴶

【雞肋集】晁無咎是古文大手，其師友淵源爲東坡，爲山谷，爲淮海，爲宛丘。妙在絶不似諸公。其爲文也，入手似迂闊滯重，而起伏合脈處妙有會通，筆意所到，洋洋如也。繇其透入古人關紐，故氣局迥别。余兹鈔特取其小，至大文字如《安南罪言》等項，俱未遑及。緣余性怯世務，凡遇經濟文章，一概

捲却，心知其非，而不能强任之而已。鈔書將百種，倶用此法，偶發其凡於此。（《尊水軒集略》卷七）

黄宗羲

【元祐黨籍（節録）】餘官三十九人。

知州晁濟北先生補之。別見《蘇氏蜀學略》。（《宋元學案》卷九十六）

【東坡門人知州晁濟北先生補之】晁補之，字無咎，鉅野人，景迂先生説之從兄也。聰明强記，自幼即善屬文，王安國一見奇之。十七歲從父端友官杭州倅，見錢塘山川風物之麗，著《七述》以謁州判蘇文忠東坡。文忠先欲有所賦，讀之歎曰：「吾可以閣筆矣！」又稱其文博辯雋偉，絶人遠甚，由是知名。舉進士，試開封及禮部別院，皆第一。神宗閲其文曰：「是深于經術者，可革浮薄。」官北京國子監教授。元祐初，爲太學正，李清臣薦堪館閣，召試，累除著作佐郎。章惇當國，出知齊州，群盜斂迹。坐修《神宗實録》失實，降秩監處、信二州酒税。徽宗立，復以著作召。晉國史編修、實録檢討官。黨論起，爲諫官管師仁所論，出知河中府，修河橋以便民，民畫祠其象。徙湖州、密州、果州，遂主管鴻慶宫。還家，葺歸來園，自號歸來子，忘情仕進，慕陶靖節爲人。大觀末，出黨籍，起知達州，改泗州，卒，年五十八。先生才氣俊逸，嗜學不倦，文章温潤典縟，其淩麗奇卓出于天得。尤精《楚辭》，論集屈、宋以來賦詠爲《變離騷》等三書。安南用兵，著《罪言》一篇，大意欲擇仁厚勇略吏爲五官郡守，及修海上諸郡武備，議者以爲通達世務云。參史傳。（同上卷九十九）

周亮工

近從陳開仲購得宋晁無咎鈔本《雞肋集》七十卷。閱之，詩賦六百餘篇，擬古諸作，綽有古調，而近體佳句亦多。如「賦成夜燭纔銷寸，衙退朝曦未半竿」、「未緣狗監知才思，端向牛衣積涙痕」、「白圭未可輕三復，小草須防得二名」、「能似鼠多愁渡谷，仕如鮎鈍笑緣竿」、「憂虞心似知更雀，安穩身如掛角羊」：皆工用事屬對者也。五言如「日落狐鳴塚，天寒犬吠村」、「雨園鳩喚婦，風徑燕將兒」、「松根危抱石，嶺路曲隨溪」、「老覺田原好，慵疎里巷尋」：皆有林夜之趣者也。絶句《汴堤暮雪懷徑山道人》云：「朔風吹雪亂沾襟，走馬投村日向沉；遥想道人敲石火，冷杉寒竹五峯深。」《村店即事》云：「十載京塵化客衣，故園榆柳識春歸；深村方物無由覓，蝴蝶雙尋麥隴飛。」《題穀驛舍》云：「驛後新籬接短牆，枯荷衰柳小池塘；倦遊對此忘行路，徙倚軒窗看夕陽。」皆有中、晚風調，不類宋格。（《書影》卷八）

季振宜

【宋元雜板書】晁無咎《雞肋集》七十卷。鈔。（《季滄葦書目》）

吴景旭

【晁無咎】《王直方詩話》曰：「曹輔，字子方，嘗爲省郎，交游間以爲有智數者。故無咎贈詩有『兵甲胸中無敵國』之語。」苕谿漁隱曰：「予纂集《叢話》，歷覽群賢詩説，並無評議無咎詩者，止有此一句。不知當時群賢偶遺之耶？」

吴旦生曰：按無咎詩有聲，陳後山戲贈云：「聞道新詞能入樣，相州紅纈鄂州花。」又《東皋雜録》云：「《西池題壁》一聯：『雨園鳩逐婦，風徑燕將兒。』亦佳句也。」又《許彦周詩話》云：「弔李誠之長短句，措意高古，深悲而善怨，有似《離騷》。」……據余憶記之所及，已有如此。漁隱謂並無評者，何也？（《歷代詩話》卷五十九）

賀貽孫

秦少游：「斜陽外，寒鴉萬點，流水遶孤村。」晁無咎云：「此語雖不識字者，亦知是天生好言語。」漁隱云：「無咎不見煬帝詩耳。」蓋以隋煬帝有「寒鴉千萬點，流水繞孤村」之句也。余謂此語在煬帝詩中，祇屬平常，入少游詞，特爲妙絶。蓋少游之妙，在「斜陽外」三字，見聞空幻。又「寒鴉」、「流水」，煬帝以五言劃爲兩景，少游詞用長短句錯落，與「斜陽外」三景合爲一景，遂如一幅佳圖。此乃點化之神，必如此乃可用古語耳。（《詩筏》）

朱彝尊

【書王氏墓銘舉例後（節録）】《墓銘舉例》四卷，長洲王行止仲編，先以唐韓退之、李習之、柳子厚，次以宋歐陽永叔、尹師魯、曾子固、王介甫、蘇子瞻、陳無己、黄魯直、陳瑩中、晁無咎、張文潛、朱元晦、吕伯恭，凡一十五家之文，舉以爲例，足以續蒼厓潘氏《金石例》而補其闕矣。（《曝書亭集》卷五十二）

錢　曾

晁補之《鷄肋集》七十卷十二本。鈔。（《述古堂藏書目》卷二）

吴之振、吕留良、吴自牧等

【鷄肋集鈔】晁補之，字無咎，濟州鉅野人。年十七，從父官杭州，著《七述》，言錢塘山川風物之麗。時東坡爲通判，正欲作賦，見之，稱嘆曰："吾可以閣筆矣！"由是知名。舉進士，試開封及禮部别院，皆第一。神宗閲其文，曰："是深於經術，可革浮薄。"累仕著作郎，充秘閣校理、國史編修。尋坐修《神宗實録》失實，降官。徽宗召還，未幾，復以黨論坐貶。還家，葺歸來園，自號歸來子。大觀末，出黨籍，起知泗州，卒。有集七十卷，自謂食之則無得，棄之則可惜，故名《鷄肋集》。（《宋詩鈔》）

【淮海集鈔】秦觀，字少游，一字太虚，揚州高郵人。……故當時於蘇門並稱秦、晁。晁以氣勝，則灝衍

而新崛；秦以韻勝，則追琢而渟泓。要其體格在伯仲，而晁爲雄大矣。（同上）

宋犖

【蘇子美文集序（節録）】子美詩磊落自喜，文章雄健負奇氣，如其爲人，以之妃晁儷張，殆無媿色。顧晁、張繼起於古學大盛之日，而子美獨崛興於舉世不爲之時，挽楊、劉之頹波，導歐、蘇之前驅，其才識尤有過人者。（清康熙本《蘇學士文集》卷首）

卞永譽

【褚河南書枯樹賦卷趙松雪補圖（節録）】舊見陳了翁筆法清勁，嘗疑其創自爲家，今乃知彷彿出《枯樹賦》耳。豫章、金陵所刻，何曾有毫髮似哉！晁補之字僅見此，跌宕亦自有意。況經前輩鑒定，重以省印，郡記累累，無不可考。（《式古堂書畫彙考》卷七）

【繪事備考晁補之】《江天浩蕩圖》，《天王圖》，《水園秋清圖》，《瘦木圖》二，《添設蓮社圖》四，《枯樹圖》二，《摹侯翼〈龍樹菩薩圖〉》，《摹關仝〈蒼松怪石圖〉》，《摹周昉〈春原草樹圖〉》，《摹李成〈古壁垂籐圖〉》，《摹衛賢〈萬壑湍流圖〉》，《摹易元吉〈孤松戲猿圖〉》。（同上卷三十二）

王士禎

【蘇黄詩品】蘇文忠作詩，常云效山谷體。世因謂蘇極推黄，而黄每不滿蘇詩，非也。黄集有云：「吾詩在東坡下，文潛、少游上，雜文與無咎伯仲耳。」此可証俗論傅會之謬。《野老記聞》載，林季野目魯直詩未必篇篇佳，但格制高耳。（《池北偶談》卷十二）

【姑溪集（節録）】端叔在蘇門，名次六君子，曩毛氏《津逮秘書》中刻其題跋。觀全集殊下秦、晁、張、陳遠甚，然其題跋自是勝場。（同上卷十七）

【宋人絶句（節録）】偶爲朱錫鬯太史彝尊舉宋人絶句可追踪唐賢者，得數十首，聊記於此。……「皂莢邨南三四里，春江不隔一程遥。雙堤鬭起如牛角，知是隋家萬里橋。」（同上卷十九）

編者按：此爲晁補之《揚州雜詠》之一。

政和間，以詩爲元祐學術，御史李彦章遂上疏，論淵明、李、杜以下皆貶之，因詆魯直、少游、無咎、文潛，請爲科禁，至著于律令，云「諸士庶傳習詩賦者，杖一百」。其紕漏一至于此。是時大臣朝士皆安石之餘孽，然安石惟欲廢《春秋》耳，其詩實于歐、蘇間自成一家，亦可概謂元祐學術乎？此古今風雅一大厄也。（《香祖筆記》卷十）

吾郡遺文，惟晁無咎《北渚亭賦》最爲瑰麗，有淮南小山之遺風。其序曰：「北渚亭，熙寧五年集賢校理南豐曾侯鞏守齊之所作也。蓋取杜甫《宴歷下亭》詩以名之。風雨廢久，州人思侯，猶能道之。後二十一年，而秘閣校理南陽晁補之來承守乏。侯于補之丈人行，辱出其後，訪其遺文故事，厪有存者。而圃多大木，歷下亭又其最高處也。舉首南望，不知其有山。嘗登所謂北渚之址，則群峰屹然，列于林上，城郭井閭，皆在其下。陂湖迤邐，川原極望，太息語客，想見侯經始之意，乃徹池南葦間壞亭，徙而復之。」賦見《鷄肋集》第二卷。今水面亭、歷下亭皆在明湖之南，而湖北水關之西有小圃，傳爲北渚亭故址，尚有古屋數椽，修竹數十竿。其地瀕湖背城，絶無高明爽塏之觀，不知子固所創，無咎所賦，果此地否？因讀《鷄肋集》而識之，俟訪諸故老。（同上卷十二）

晁無咎《陌上花》八首，工妙不減蘇公。其二篇云：「娘子歌傳樂府悲，當年陌上看芳菲。曼聲更緩何妨緩，莫似東風火急歸。」「荆王夢罷已春歸，陌上花隨暮雨飛。却喚江船人不識，杜秋紅淚滿羅衣。」（同上）

五代時，吴越文物，不及南唐、西蜀之盛，而武肅王寄妃書云：「陌上花開，可緩緩歸矣。」二語艷稱千古。東坡又演爲《陌上花》云：「陌上花開胡蝶飛，江山猶是昔人非。遺民幾度垂垂老，游女還歌緩緩歸。」……晁無咎亦和八首，有云：「娘子歌傳樂府悲，當年陌上看芳菲。曼聲更緩何妨緩，莫似東風火急歸。」……二公詩皆絶唱，入樂府，即《小秦王調》也。（《漁洋詩話》卷中）

葉石林《建康集》八卷……紹興八年再帥建康作也。石林，晁氏之甥，及與無咎、張文潛遊，爲詩文筆力雄厚，猶有蘇門遺風，非南渡以下諸人可望。（《居易録》卷二）

高麗太師門下侍中集賢殿大學士金富軾，新羅人，兄弟皆以文章功名顯，致位卿相。……富軾以文章

名世，……筆勢雄辯，有秦、晁之風。（同上卷三）

宋文如石守道、柳仲塗、尹師魯、穆伯長、秦少游、陳履常、晁以道、無咎、羅端良、陸務觀、葉水心輩，予家皆有其集，雖利鈍互見，要之有可觀者。（同上卷十）

張仁熙，字長人，楚之廣濟人，隱居著書……寄予書時年八十矣，書云：「仁熙聞之，古稱一代人文，必有英絶領袖之者。翺、湜、籍、漢之於退之，黄、晁、張、秦之於子瞻是也。而昌黎《與于襄陽書》則曰：『或爲之先焉，或爲之後焉，取其責均肩之。蓋原本孟氏之旨，以高其自據之地。』僕則以爲不然，僕以爲非真有憂世覺民之責如孟子者，皆當遁迹利名、謝絶丐乞。」（同上卷十三）

王立之病中，取其平生書畫古器，散之四方朋友無遺，慕義樂善如此。此事蓋古人所未有也。……且曰：「我所作詩文，他日無咎序之，死則以道銘我。」（同上卷十七）

曾子固以熙寧五年守濟南，其後二十一年，晁無咎繼來爲守，作《北渚亭賦》，最著。有《别歷下》二絶句云：「來見芙蕖溢渚香，歸途未變柳梢黄。……依然飛下舊池塘。」又《將行陪貳車觀燈》云……足敵唐北海、子美、太白三公矣。（同上卷三十四）

【晴川集序】《三百篇》既亡而《楚詞》興，《楚詞》不競而古詩作。故學士大夫將自兩漢以遡風雅之濫觴，舍《楚詞》其道無由。宋晁無咎、朱元晦所輯録，自淮南小山而下，其聲類楚者，咸采摭不遺。而東坡、山谷教人作詩之法，亦惟曰：「熟讀《三百篇》、《楚詞》，曲折盡在是矣。」晁、朱二家之書，豈非竊取坡、谷之意而爲之者歟？（《蠶尾文集》卷一）

【敬業堂詩集序（節録）】老友海昌陸先生辛齋，嘗擕其愛婿查夏重詞一卷見示，且曰：「此子名譽未成，冀先生少假借之，弁以數語。」……子瞻曰：「一時文人如魯直、補之、無己、文潛、少游，吾未嘗以師資自處，皆以朋友待之。」而吾乃以一日之長臨夏重乎？顧屈指同學，其才可到，昔賢者正復無幾。蘇門諸君子與放翁、後山、遺山，皆名節自持，凛凛有國士風，蓋有重於詩文者，而詩文益重。（《敬業堂詩集》卷首）

田同之

【宋徵璧論宋詞七家（節録）】華亭宋尚木徵璧曰：「若魯直之蒼老，而或傷於頽。介甫之劖削，而或傷於拗。無咎之規檢，而或傷於樸。稼軒之豪爽，而或傷於霸。務觀之蕭散，而或傷於疎。此皆所謂我輩之詞也。」（《西圃詞説》）

田　雯

蘇門六君子，無不掉鞅詞場，凌躐流輩。而坡公於山谷則數效其體，前哲虚懷，往往如是。（《古歡堂集·雜著》卷二）

【皖城西拜山谷老人墓試士】長風沙口木葉黄，大江遶郭流湯湯。三橋坂北紅鶴砦，涪翁墓在灊山岡。……蘇門詞傑晁、秦輩，斑斑熊豹非尋常。公才乃如大國楚，曹鄶淺陋難頡頏。（《古歡堂集·七言古》卷

二〇　賀　裳

【晁補之】晁之于秦，較有骨氣。如：「虚齋閉疎窗，竹日光耿耿。更無司業酒，但有廣文冷。人憐出入獨，自喜往還省。」時作苦語詩，幽泉汲修綆。」又《視田贈弟》曰：「一從學聱牙，世事百色廢。賣牛姑補室，歲晚霜雪至。」大有古音。（《載酒園詩話·宋》）

萬　樹

又如晁無咎《消息》一調注云：「自過腔，即《越調永遇樂》。」是雖換宫調，即可换名，而今人不知其理耳。（《詞律·發凡》）

晁補之，字無咎，鉅野人。元祐初應進士舉，試開封府及禮部别試皆第一，除祕書省正字，以祕閣校理通判揚州。尋召還爲著作郎。坐黨籍徙。放還後葺歸來園，自號歸來子，又稱濟北詩人。大觀末，起知泗州。有《雞肋集》，詞二卷。（《詞律·詞人姓氏録》）

編者按：《詞人姓氏録》爲杜文瀾所編。其言補之元祐初應進士舉，有誤。

【梁州令疊韻（田野閒來慣）】此與前歐詞多同，但題曰疊韻，而本集分刻如右，今不敢改也。「俱遠」二字上尚有四字，舊本遺落，無可考增。「遠」字亦非叶韻。作者照歐詞「不堪」句填之可也。（《詞律》卷

六）

【八六子（喜秋晴）（節録）】此學杜體者，但「重陽」句叶韻，杜則仄聲。「漸老」二句，各六字，應是正格。……「暗自想」下九字，可同各家上五下四，然依杜作上三下六亦可，而其下則較杜及秦爲明整矣。……繼又讀晁詞，疑團方釋。一者于「萍」字用平叶，可見非三十一字方叶者，較秦之「香減」、杜之「羞整」仄聲者，明白易曉。二者用「難相見」三字爲短句，啟下六字相對兩句，較秦之「那堪」、杜之「愁重」止用兩字者尤明，蓋六字句，上以三字領之，則易讀易填，以二字領之，則難讀難填，自然之理也。（同上卷十三）

編者按：此條乃晁補之詞《八六子》下評語，杜指杜牧，秦指秦觀。

【迷神引（黯黯青山紅日暮）】此調多三字句，最爲悽咽。但後段「一千里」句，應即前「回向」句……至於「幾點」八字，即後「猿鳥」八字，「一片」八字，即後「燭暗」八字，極爲整齊。且上句「近」字「島」字用仄聲，下句「前」字「津」字用平聲，正抑揚可愛處。如此對仗，極易考證。而《圖譜》以「幾點」至「前浦」十六字，分作每句四字，不但破壞此調，而「小迷近塢」成何文理？無咎不幸，受冤于六百年之後，可嘆也。（同上卷十六）

編者按：此條乃晁補之詞《迷神引》下評語。

【西平樂（盡日憑高寓目）（節録）】按晁無咎此詞一首，與柳詞俱同，只向來《樂章集》「雅稱」句止五字，而晁詞此句作「準擬金尊時舉」六字，是知柳集，必落去一字，故于「遊」字下補□。或曰：「柳與晁或是二體，子安得必合之爲一？」余曰：「觀前段有六字三句，一調中句法定應相似。況《樂章》多訛脱，如汲古刻于『寂寞』句亦無『暗』字，則的係誤落，非兩體也。況其餘字句平仄無不同乎？」「乍煖」、「又雨」、「燕語」、「伴侶」、「向晚」、「杜宇」等去上聲妙，晁亦同。（同上卷十七）

編者按：此條乃柳永詞《西平樂》下評語。

張謙宜

【宋詩鈔（節録）】朱文公學詩煞用工夫，看其顏古色蒼，自非晁無咎諸人所及。因他胸中先有許多道理，然後尋詩家言語襯托出來，此却别是一路。（《絸齋詩談》卷五）

先著、程洪

【憶少年（無窮官柳）】「花無人戴，酒無人勸，醉也無人管」，與此詞起處同一警絶。唐以後，特地有詞，正以有如許妙語，詩家收拾不盡耳。（《詞潔輯評》卷一）

編者按：此爲晁詞評語。

沈　雄

【晁補之鷄肋詞】《柳塘詞話》曰：鉅野晁無咎，登元祐進士，通判揚州。名《鷄肋詞》，又稱濟北詞人。

晁補之嘗自銘其墓，名《逃禪詞》。與魯直、文潛、少游爲蘇門四學士。若晁次膺，其十二叔也。无斁，其八弟也。

編者按：楊無咎有《逃禪詞》。

花庵詞客曰：無咎自言今代作者，秦七、黄九耳。兩公詞亦不同，若無咎亦未必多遜也。（《古今詞話·詞評》卷上）

【馮艾子雲月詞馮取洽】《古今詞話》曰：延平馮取洽，字雙溪。其與黄玉林互相標榜，有《詞韻》等書。其子艾子，精於律呂，詞多自製腔。《雲月詞》殊有北宋秦、晁風味，比之南宋教督氣、酸餡味，不侔矣。（同上）

【蘇軾東坡詞】晁無咎曰：謂東坡詞多不諧聲律，但其才横放傑出，自是曲子中縛不住耳。如取東坡詞歌之，終覺无風海雨逼人。（同上）

張瓚等

【山水】塔山。在縣西二里，上有許公祠，晁補之有詩。

北山。一名官山，在縣北三十里，上有龍王廟，祈雨輒應。……晁補之有《游北山記》。（《新城縣志》卷二）

【官蹟】晁端友，字君成，澶州人。爲政有方，吏民親愛。黄太史庭堅志其墓，甚稱之。子補之，有文名。（同上卷五）

金檀

晁補之《鷄肋集》七十卷。鉅野人，進士，知泗州。（《文瑞樓藏書目録》卷六）

浦起龍

【宋以後詩】宋初襲晚唐、五季之弊。仁宗天聖以來，晏殊、錢惟演、劉筠、楊億數人，亦思有以革之，第皆師乎義山，全乖古雅之風。……哲宗元祐之間，蘇軾、黄庭堅挺出，雖曰共師李、杜，而競以己意相高，而諸作又廢矣。自此以後，詩人迭起，大抵不出乎二家，觀於蘇門四學士黄庭堅、秦觀、晁無咎、張耒諸作，以及江西宗派諸詩可見矣。（《釀蜜集》卷二）

陳廷敬、王奕清等

【江城子唐詞單調，以韋莊詞爲主，餘俱照韋詞添字。至宋人始作雙調。晁補之改名《江神子》】（韋莊詞「髻鬟狼籍」略）（《欽定詞譜》卷二）

【酒泉子雙調四十字。前段五句，兩平韻，兩仄韻；後段五句，三仄韻，一平韻】（毛文錫詞「緑樹春深」略）此即「紫陌青門」詞體，惟前、後段第二句各七字異。宋晏殊、晁補之、辛棄疾、曹勛詞，俱照此填。（同上卷三）

【玉蝴蝶雙調九十九字。前段十句，五平韻；後段十一句，六平韻】（柳永詞「是處小街斜巷」略）此詞前段第四、五句，上六下四；後段第五、六句，上六下五，與前詞異。按晁補之、晁冲之二詞，其前段第四、五句，用柳永「是處小街」詞體。後段第五、六句，用柳永「望處雨收」詞體。前後參用兩詞，與各家微異。（同上卷四）

【憶秦娥雙調四十六字，前後段各五句，三仄韻，一疊韻】（李白詞「簫聲咽」略）此調押仄韻者，以此詞爲正體。若晁補之詞之不作疊句，石詞之少押一韻……雖爲變格，猶與李詞大同小異。（同上卷五）

【憶秦娥雙調四十六字，前後段各五句，四仄韻】（晁補之詞「牽人意」略）此與李詞同，惟前後段第三句不作疊句，體異。（同上）

【憶少年雙調四十六字，前段五句，兩仄韻；後段四句，三仄韻】（晁補之詞「無窮官柳」略）此調以此詞爲正體，若曹（組）詞不過於换頭句添一字也。（同上卷六）

【少年遊雙調四十九字，前後段各五句，兩仄韻】（晁補之詞「當年攜手」略）此詞用仄韻，宋元人無填此者。因見《琴趣外篇》，採之以備一體。（同上卷八）

【梁州令雙調五十二字，前段五句，三仄韻；後段四句，四仄韻】（晁補之詞「二月春猶淺」略）此詞再加一疊，即《梁州令》疊韻。故譜内可平可仄。（同上）

【梁州令雙調一百四字，前後段各九句，六仄韻】（歐陽修詞「翠樹芳條颭」略）按晁補之《琴趣外篇》詞《梁州令》疊韻正與此同。（同上）

【鹽角兒雙調五十字，前段六句，三仄韻，一疊韻；後段五句，三仄韻】（晁補之詞「開時似雪」略）此調只晁補之一詞，

別無可校。（同上）

【歸田樂雙調五十字。前段六句，三仄韻；後段四句，兩仄韻】（晁補之詞「春又去」略）此調名《歸田樂》，無「引」字。惟晁詞、蔡（伸）詞二體，然兩詞亦各不同，無別首可校。（同上）

【引駕行雙調五十二字。前段四句，兩仄韻；後段六句，四仄韻】（晁補之詞「梅梢瓊綻」略）此即柳永仄韻詞前段體，句讀照柳詞點定。（同上卷十）

【引駕行雙調一百字。前段十句，五仄韻；後段十句，六仄韻】（晁補之詞「春雲輕鎖」略）此與柳詞同，惟前段第三、四句，攤破句法，於第三句多二字，作八字句，於第四句少二字，作四字句異。又前結二字短韻，或有移作後段起句者。今從《詞律》。（同上）

【金鳳鈎見晁補之《琴趣外篇》，此調微近《夜行船》，其實不同也。雙調五十五字。前段六句，三仄韻；後段五句，四仄韻】（晁補之詞「春辭我」略）或以此詞近《夜行船》史達祖詞體，然前段起句，作三字兩句，實與史詞不同。（同上卷十一）

【金鳳鈎雙調五十四字，前後段各四句，三仄韻】（晁補之詞「雪晴閒步花畔」略）或以此詞，近《夜行船》毛滂詞體，然前段結句六字，實與毛詞不同。（同上）

【虞美人雙調五十八字。前後段各五句，兩仄韻，三平韻】（晁補之詞「原桑飛盡霜空杳」略）此與毛詞同，惟前後段不換韻異。按杜安世「江亭春晚」詞，前段「盡近情行清」五韻，後段「舜峻人淪巾」五韻，俱不換韻，正與此同。（同上卷十二）

【行香子雙調六十六字。前段八句，四平韻；後段八句，三平韻】（晁補之詞「前歲栽桃」略）此調以晁詞、蘇詞、秦詞、韓詞爲正體，而韓詞一體，填者頗少。按此五首，字句悉同，所辨者，在前後段起二句，或押韻或不押韻耳。……此詞前段起句，後段第一、二句，俱不用韻。晁詞別首「雪裏清香」詞，正與此同。……晁詞別首，後段第一、二、三句「芳尊移就，幽葩折取，似玉人攜手同歸」，「折」字「玉」字俱仄聲。譜内可平可仄據此。（同上卷十四）

【千秋歲雙調七十一字。前後段各八句，四仄韻】（晁補之詞「玉京仙侶」略）此詞前後段起句，俱不用韻。（同上卷十六）

【惜奴嬌雙調七十一字。前段七句，五仄韻；後段七句，四仄韻，一疊韻】（晁補之詞「歌闋瓊筵」略）此調始於此詞，但前段第二句五字，宋人如此填者甚少，採之以誌淵源所自。（同上）

【訴衷情近雙調七十五字。前段七句，三仄韻；後段九句，六仄韻】（晁補之詞「小園過午」略）此亦與柳詞同，惟前段第五、六句俱四字，第七句七字異。（同上卷十七）

【下水船雙調七十五字。前段七句，四仄韻；後段八句，四仄韻】（晁補之詞「百紫千紅翠」略）此亦黄詞體，惟後段第四句六字，第五句四字，句讀參差。又前段第五句，後段第一、二句，第六句，俱不押韻。第七句，多押一韻異。（同上）

【下水船雙調七十六字。前段七句，六仄韻；後段八句，六仄韻】（晁補之詞「上客驪駒繫」略）此詞本集不載，從《能改齋漫録》採入，亦黄詞體，惟後段起句不押韻，第三句添一字異。（同上）

【陽關引此調始自宋寇準詞，本檃括王維《陽關曲》而作，故名。晁補之詞名《古陽關》。雙調七十八字。前段八句，五仄韻；後段八句，四仄韻】（寇準詞「塞草煙光闊」略）此調祇有寇詞及晁補之詞，故此詞可平可仄，悉校晁詞。前後段第六句，俱上一下四句法，兩詞並同。按晁詞，前段第六句「卷書幃寂靜」，「寂」字仄聲。結句「重感嘆，中秋數日又圓月」，「秋」字平聲。後段第一句「沙嘴檣竿上」，「沙」字「檣」字俱平聲。第六句「且莫教皓月」，「皓」字仄聲。結句「問幾時，清尊夜景共佳節」，「尊」字平聲。譜內平仄據此。（同上卷十八）

【一叢花調見東坡詞，有歐陽修、晁補之、秦觀、程垓詞可校。雙調七十八字。前後段各七句，四平韻】（蘇軾詞「今年春淺臘侵年」略）此調祇有此體，宋詞俱照此填，惟句中平仄小異，詳注於後。晁補之詞，前段第一句「碧山無意解銀魚」，「碧」字仄聲。……第四句「佩錦囊，曾憶奚奴」，「錦」字仄聲，「囊」字「曾」字俱平聲。……第六句「滿身花影」，「滿」字仄聲，「花」字平聲。後段第一句「十年一夢訪林居」，「十」字「一」字俱仄聲。……晁詞第四句「寄洞庭春色雙壺」，「洞」字仄聲，「庭」字平聲。……譜內可平可仄據此。（同上）

【過澗歇雙調八十字。前段七句，四仄韻，一疊韻；後段八句，三仄韻】（晁補之詞「歸去奈故人」略）此與柳永「淮楚」詞同，惟前段第三句，即疊首句韻，後段起句六字，第二句五字異。（同上卷十九）

【安公子雙調一百六字。前後段各八句，六仄韻】（柳永詞「遠岸收殘雨」略）此調一百六字者，以此詞爲正體。柳詞別首「夢覺清宵」詞，晁補之「少日狂遊」詞，與此同。若袁（去華）詞之句讀小異，晁詞、陸詞之減字……皆變格也。……按晁詞前段第二句「閬苑花間同低帽」，「苑」字仄聲，「花」字「間」字俱平聲。第七句「鎮瓊樓歸卧」，「瓊」字平聲。……譜内可平可仄據此。（同上）

【安公子雙調一百四字，前後段各八句，六仄韻】（晁補之詞「柳老荷花盡」略）此亦與柳詞同，惟前後段第四句俱減一字，作四字句異。（同上）

【鬬百花《樂章集》注正宮。晁補之詞，一名《夏州》。雙調八十一字。前段八句，五仄韻；後段七句，三仄韻】（柳永詞「煦色韶光明媚」略）此調以此詞爲正體。柳永「滿搦宮腰」詞，晁補之「小小盈盈」詞，又「臉色朝霞」詞，正與此同。若柳詞別首之少押兩韻，晁詞別首之多押一韻，皆變格也。（同上）

【鬬百花雙調八十一字。前段八句，六仄韻；後段七句，三仄韻】（晁補之詞「斜日東風深院」略）此亦與柳永「煦色韶光」詞同，惟前段第三句，多押一韻異。（同上）

【驀山溪雙調八十二字。前段九句，三仄韻；後段九句，四仄韻】（張震詞「青梅如豆」略）此詞前段起句不押韻，後段起句押韻。按晁補之「金尊玉酒」詞，劉子翬「浮煙冷雨」詞，……皆與此同。（同上）

【驀山溪雙調八十二字，前後段各九句，五仄韻】（周邦彦詞「樓前疎柳」略）此詞前後段第七、八句俱押韻，其兩起句不押韻。按李之儀「青樓薄倖」詞，晁補之「揚州全盛」詞……皆與此同。（同上）

【洞仙歌雙調八十四字。前段六句，三仄韻；後段七句，三仄韻】（晁補之詞「群芳老盡」略）此亦與辛詞同，惟後段第四句添一字，作上四下六句法，第六句作上五下三，結句作上四下五句法異。（同上卷二十）

【洞仙歌雙調八十五字。前段六句，五仄韻；後段八句，五仄韻】（晁補之詞「年年青眼」略）此亦與李元膺「雪雲散

盡」詞同，惟前後段起句，各押韻異。（同上）

【洞仙歌雙調八十五字。前段六句，三仄韻；後段八句，三仄韻】（晁補之詞「青煙冪處」略）此與蘇（軾）詞同，惟後段第四句，添二字攤破句法，作兩句異。……晁補之「青煙冪處」詞，句讀參差，皆變格也。（同上）

【洞仙歌雙調一百十八字。前段十句，五仄韻；後段十四句，九仄韻】（柳永詞「嘉景」略）按柳永詞三首，亦名《洞仙歌》，實慢詞也。……此調慢詞，柳詞共三體；晁詞二首，即仙呂調體之一，因句讀小異，故不參校平仄。（同上）

【洞仙歌雙調一百二十三字。前段十一句，四仄韻；後段十六句，七仄韻，一疊韻】（晁補之詞「當時我醉」略）此與柳永「乘興閑泛蘭舟」詞大同小異，句讀校爲整齊，可以爲法。（同上）

【洞仙歌雙調一百二十四字。前段十一句，五仄韻；後段十八句，九仄韻】（晁補之詞「花恨月惱」略）此與「當時我醉」詞同，惟前段第二句多一字，後段第三句以下作四字四句，第十五句多押一韻異。　以上五詞，俱《洞仙歌》慢詞，與令詞截然不同。因調名同，故亦類列。（同上）

【八六子雙調九十字。前段九句，四平韻；後段八句，三平韻】（杜牧詞「洞房深」略）此詞見《尊前集》。分段處……晁詞于「多情」字分，楊詞于「臨風」字分，秦詞于「柔情」字分……庶體例畫一。……唐詞無別首可校，故于晁補之詞作譜。（同上卷二十二）

【八六子雙調九十一字。前段六句，三平韻；後段十一句，六平韻】（晁補之詞「喜秋晴」略）宋人中以此詞爲正體。……今此詞與楊詞後段第七句用韻，較諧音律，而此詞前段與杜詞起六句悉同，故取以爲譜。譜中

可平可仄，悉參所採諸詞之句法同者。（同上）

【八六子雙調八十九字。前段六句，三平韻；後段十一句，六平韻】（楊纘詞「怨殘紅」略）此與晁詞同，惟前段第五句減二字，後段第七句添二字，第八句減三字，結句添一字異。（同上）

【金盞倒垂蓮此調有平韻、仄韻兩體。平韻者，見晁無咎《琴趣外篇》及《梅苑》詞。雙調九十二字，前後段各九句，四平韻】（晁補之詞「休説將軍」略）此調押平聲韻者，有晁詞、無名氏詞兩體。此詞前後段第六句七字，第七句六字，晁詞別首「諸阮英游」詞，正與此同。按「諸阮英游」詞，前段第五句「螺髻小雙蓮」，「螺」字平聲。第九句「桓伊危柱哀絃」，「危」字平聲。換頭句「身閑未應無事」，「無」字平聲。譜内可平可仄據此。（同上）

【滿江紅雙調九十三字。前段八句，四仄韻；後段十句，六仄韻】（戴復古詞「赤壁磯頭」略）此與柳詞同，惟換頭句多押一韻。按晁補之「莫話南征」詞，「清時事，羈遊意，盡付與，狂歌醉」……正與此同。（同上）

【尾犯雙調九十九字。前段九句，五仄韻；後段十句，六仄韻】（晁補之詞「廬山小隱」略）此與柳詞同，惟前段第四、五、六句，作六字兩句，結句添一字，作上三、下四七字句異。（同上卷二十三）

【滿庭芳此調有平韻、仄韻兩體。平韻者，周邦彦詞，「名鎖陽臺」。……晁補之詞，有「堪與瀟湘暮雨，圖上畫扁舟」句，名《瀟湘夜雨》】（晏幾道詞「南苑吹花」略）（同上卷二十四）

【黄鶯兒雙調九十七字。前段九句，四仄韻；後段十句，五仄韻】（晁補之詞「南園佳致偏宜暑」略）此與柳詞同，惟前段第三、四、五句，添一字，作七字一句、六字一句異。此詞第二句至第五句，悉遵《琴趣》原本。（同

上）

【鳳凰臺上憶吹簫雙調九十七字。前段十句，四平韻；後段九句，四平韻】（晁補之詞「千里相思」略）此調以晁詞爲正體，若曹詞以下，或添聲，或減字，皆變體也。（同上卷二十五）

【夜合花調見《琴趣外篇》。按夜合花，合歡樹也。雙調九十七字。前段十句，五平韻；後段十句，六平韻】（晁補之詞「百紫千紅」略）此調始于此詞，前後段第六句俱五字，换頭第二句三字，第三句六字，宋人如此填者，止此一詞，無別首可校。（同上）

【夜合花雙調一百字。前段十一句，五平韻；後段十一句，六平韻】（史達祖詞「冷截龍腰」略）此詞前後段第六句，俱作三字兩句，較晁詞添二字。换頭第二句六字，第三句四字，較晁詞添一字。（同上）

【萬年歡唐教坊曲名。……此調有三體：平韻者，始自王安禮；仄韻者，始自晁補之；平仄韻互叶者，始自元趙孟頫。雙調九十八字。前段九句，五平韻；後段九句，四平韻】（王安禮詞「雅出群芳」略）此調押平韻者，以此詞爲正體，餘皆變格也。（同上卷二十六）

【萬年歡雙調一百字。前段九句，四仄韻；後段九句，五仄韻】（晁補之詞「十里環溪」略）此調押仄韻者，以晁詞二首爲正體。……晁詞別首之前後段第四、五句，句讀參差，皆變格也。（同上）

【萬年歡雙調一百字。前段九句，五仄韻；後段九句，六仄韻】（晁補之詞「心憶春歸」略）此詞前後段第六句俱押韻。（同上）

【萬年歡雙調一百字。前段九句，四仄韻；後段九句，五仄韻】（晁補之詞「憶昔論心」略）此亦「十里環溪」詞體，惟

後段第四句六字、第五句四字異。(同上)

【聲聲慢蔣氏九宫譜，注《仙吕調》。晁補之詞，名《勝勝慢》。吴文英詞，有「人在小樓」句，名人在樓上。此調有平韻、仄韻兩體。平韻者，以晁補之、吴文英、王沂孫詞爲正體。仄韻者，以高觀國詞爲正體。雙調九十九字。前段九句，四平韻；後段八句，四平韻】(晁補之詞「朱門深掩」略)此調采平韻詞八首，以晁、吴、王三詞爲正體，賀詞以下，皆變體也。(同上卷二十七)

【紫玉簫雙調九十九字。前段十一句，四平韻；後段十句，四平韻】(晁補之詞「羅綺圍中」略)此調秖此一詞，無别首可校。(同上)

【芳草晁補之詞，名《鳳凰吟》。雙調一百字。前段十句，四平韻；後段十句，五平韻】(韓縝詞「鎖離愁」略)此調前段起句不用韻者，以韓詞爲正體。前段起句用韻者，以晁詞爲正體。(同上卷二十八)

【芳草雙調一百一字。前段十句，五平韻；後段十一句，五平韻】(晁補之詞「曉曈曨」略)此詞前段起句用韻，第五句四字，第六句五字，結作五字一句，六字一句。後段第二、三句，作四字兩句，與韓詞異。(同上)

【喜朝天雙調一百三字。前段十句，五平韻；後段十句，四平韻】(晁補之詞「衆芳殘」略)此與張詞同，惟前後段第五句，各添一字異。(同上卷二十九)

【西平樂雙調一百三字。前段八句，四仄韻；後段十三句，七仄韻】(晁補之詞「鳳詔傳來絳闕」略)此亦與柳詞同，惟後段第四句押韻，第五句添一字異。此調前段第五句，例須押韻。此詞「卜」字，按《中原雅音》讀如「補」，亦方言也。(同上卷三十)

【鬬百草調見《琴趣外篇》，雙調一百二字。前段十句，四仄韻；後段十句，五仄韻】（晁補之詞「別日常多」略）此調秖晁詞二首，故可平可仄。（同上）

【鬬百草雙調一百二字。前段十句，三仄韻；後段十句，六仄韻】（晁補之詞「往事臨邛」略）此與前詞同，惟前段第七句少押一韻，後段第一句多押一韻異。（同上）

【上林春慢雙調一百二字。前段十一句，四仄韻；後段十句，五仄韻】（晁補之詞「天惜中秋」略）此與前詞同，惟前結作三字一句，六字一句異。（同上）

【永遇樂此調有平韻仄韻兩體。仄韻者，始自北宋，《樂章集》注《林鍾商》。晁補之詞，名《消息》，自注《越調》。平韻者，始自南宋，陳允平創爲之。雙調一百四字，前後段各十一句，四仄韻】（蘇軾詞「明月如霜」略）此調押仄韻者，以此詞爲正體。宋詞俱如此填。若晁詞之前段結句，六字折腰……皆變格也。此調前段……第十句，如晁詞之「想沈江、怨魄歸來」……後段……第十句，如晁詞之「算何須、楚澤雄風」……平仄與諸家不同，譜内概不校注。（同上卷三十二）

【永遇樂雙調一百四字。前後段各十一句，五仄韻】（晁補之詞「紅日葵開」略）此與蘇詞同，惟前段結句，六字折腰，又前段第八句，後段第一句，俱押韻異。（同上）

【尉遲杯此調有平韻仄韻兩體。仄韻者，見柳永《樂章集》，注《夾鍾商》。平韻者，見晁補之《琴趣外篇》。雙調一百六字。前段八句，五平韻；後段九句，五平韻】（晁補之詞「去年時」略）此調押平韻者，祇此一體，無別首宋詞可校。（同上卷三十三）

【望海潮雙調一百七字。前段十一句，五平韻，後段十一句，六平韻】（秦觀詞「梅花疎淡」略）此與柳詞同，惟後結作四字一句、七字一句異。按晁補之、呂渭老……詞，俱與此同。（同上卷三十四）

【摸魚兒一名《摸魚子》，唐教坊曲名。晁補之詞，有「買陂塘，旋栽楊柳」句，更名《買陂塘》，又名《陂塘柳》，或名《邁陂塘》。雙調一百十六字。前段十句，六仄韻；後段十一句，七仄韻】（晁補之詞「買陂塘」略）此調當以晁、辛、張三詞爲正體，餘多變格。（同上卷三十六）

【多麗一名《鴨頭緑》。周格非詞，名《隴頭泉》。此調有平韻仄韻兩體。雙調一百三十九字。前段十三句，六平韻；後段十一句，五平韻】（晁補之詞「新秋近」略）此詞與「晚雲收」詞句法小異，查宋元人少有填此體者。（同上卷三十七）

王奕清等

【晁補之詞】晁補之自稱濟北詞人，有《雞肋詞》、《逃禪詞》。近代詞家自秦七、黄九外，無咎未必多遜。

陳直齋。（《歷代詞話》卷五）

厲鶚

【東門萊】晁無咎補之《七述》云：「杭之爲州，負海帶山，蓋東南美味之所聚焉。水羞陸品，不待賈而足。」「萊則茼蒿、茵陳、紫蕨、青蓴、韭畦……」此吾杭之菜，見稱於文士之始，然未詳所産之地也。

（《東城雜記》卷上）

劉　藻

【卧陶軒懷古】陶令澹蕩人，高卧北窗下。手揮無絃琴，誰爲知音者？晁子家濟州，神襟獨淵雅。吐音非凡唱，驕騫凌天馬。城南有别業，廣澤浮大野。荆扉晝常閉，一軒獨瀟灑。竹梧列嘉蔭，圖書焕彝斝。卧陶偶自署，羲皇心輸寫。此人不可作，此事繼者寡。我來問遺跡，頹垣碎古瓦。三復涪翁詩，抗懷寄蓮社。（清道光本《鉅野縣志》卷十五）

鄭方坤

【例言】東坡演《陌上花》，晁無咎撰《芳儀曲》，掩抑低徊，千秋絶唱，雖非五代之詩，要爲五代而作，聽其缺略可乎？（《五代詩話》卷首）

喬光烈、周景桂等

【宦蹟】晁補之，字無咎，鉅野人，七歲能文。以禮部郎中出知河中府，修河橋以便民，民畫其像。弟詠之，爲河中府教授，亦工於文詞。（《蒲州府志》卷七）

姚範

【晁無咎】名補之，《宋史》本傳云卒年五十八。晁公武《讀書志》云大觀四年卒，則庚寅也。計生於皇祐五年癸巳。而本傳云：年十七見坡公於杭州，作《七述》。然坡判杭，在熙寧四年辛亥，至七年甲寅移密州。六年癸丑《新城道中》二詩，乃晁端友令新城之日，則無咎是年已逾冠。（《援鶉堂筆記》卷四十）

晁補之《捕魚圖記》、《學畫記》雖錯綜變化，一齊讀去，較之昌黎體勢似緩，然自工，中間亦略設色。《羅漢記》遠不及《捕魚圖》，過於摹擬，亦近矜張，且多不成文法處。（同上卷四十四）

全祖望

【題晁無咎芳儀曲後】淝上英雄事已遥，永寧宫春久蕭寥。小周后正號咷甚，又報王姬入大遼。（《鮚埼亭詩集》卷三）

蔡上翔

《考略》曰：李《注》引《西清詩話》云：「元豐中，王文公在金陵，東坡過之，日與公遊。公以近製示坡，坡云：若積李兮縞夜，崇桃兮炫晝，自屈宋没，曠千餘年，無復《離騷》句法，乃今見之。公曰：非子瞻見諛，自負亦如此。」而晁無咎《續楚詞》，乃獨取公《歷山》、《思歸》賦、《書山石詞》，獨遺此不録，何

也？予謂公詩文每至極佳處，即絶人躋攀。如《巫山高》亦可方駕太白，此天才之不可及也。（《王荆公年譜考略》卷二十二）

紀　昀

【雞肋集七十卷兩淮馬裕家藏本】宋晁補之撰。補之字無咎，鉅野人，元豐間舉進士，試開封及禮部别院皆第一。元祐中除校書郎，紹聖末落職，監信州酒税。大觀中起知泗州，卒於官。後入元祐黨籍。事蹟具《宋史·文苑傳》。初，蘇軾通判杭州，補之年甫十七，隨父端友宰杭州之新城。軾見所作《錢塘七述》，大爲稱賞，由是知名。後與黄庭堅、張耒、秦觀聲價相埒。耒嘗言：「補之自少爲文，即能追步屈、宋、班、揚，下逮韓愈、柳宗元之作，促駕力鞭，務與之齊而後已。」胡仔《苕溪漁隱叢話》亦稱：「余觀《雞肋集》，古樂府是其所長，辭格俊逸可喜。」今觀其集，古文波瀾壯闊，與蘇氏父子相馳驟，諸體詩俱風骨高騫，一往俊邁，並駕於張、秦之間，亦未知孰爲先後。世傳《蘇門六君子文粹》，僅録其文之體近程試者數十篇，《避暑漫鈔》僅稱其《芳儀曲》一篇，皆不足以盡補之也。此本爲明崇禎乙亥蘇州顧凝遠依宋版重刊，前有元祐九年補之自序，後有紹興七年其弟謙之跋。序稱衰而藏之，謂之《雞肋集》。跋則稱宣和以前，世莫敢傳，今所得者古賦騷詞四十有三，古律詩六百三十有二，表啟雜文六百九十有三。自捐館舍，迨今二十八年，始得編次爲七十卷云云。蓋其稿爲元祐中補之自葺，雖有集名，尚非定本。後謙之乃裒合編次，續成此帙，故中有元祐以後所作，與補之原序年月多不相

應云。(《四庫全書總目提要》卷一百五十四集部别集類七)

【樂静集三十卷編修汪如藻家藏本】宋李昭玘撰。昭玘字成季,《宋史》云濟南人,考昭玘籍本鉅野,殆嘗自署濟陰,而史遂誤濟南也。……北宋之末,翹然爲一作者,當時與晁補之齊名,固不虚也。(同上卷一百五十五集部别集類八)

【同文館唱和詩十卷浙江鮑士恭家藏本】宋鄧忠臣等撰。……忠臣而外,爲張耒、晁補之、蔡肇……集中不著唱和年月。考《宋史》耒、補之傳,俱稱元祐初爲校書郎,以耒詩「讎書芝閣上」、補之詩「輟直讎書省」二語核之,乃正其官祕省時。而元祐三年知貢舉者爲孔平仲,事見本傳。此集並無平仲之名,則非在三年可知。惟忠臣詩有「單閼孟夏草木長」句,自註云:「丁卯四月還朝。」丁卯爲元祐二年,意者即在是歲歟?(同上卷一百八十六集部總集類一)

【坡門酬唱集二十三卷江蘇巡撫採進本】宋邵浩編。……前十六卷爲軾詩,而轍及諸人和之者。次轍詩四卷,次黄庭堅、秦觀、晁補之、張耒、陳師道等詩三卷,亦録軾及諸人和作。(同上卷一百八十七集部總集類二)

【蘇門六君子文粹七十卷原任工部侍郎李友棠家藏本】不著編輯者名氏。……其文皆從諸家集中録出,凡《淮海集》十四卷,《宛丘集》二十二卷,《濟北集》二十一卷……大抵議論之文居多,蓋坊肆所刊,以備程試之用也。(同上)

【古詩選三十二卷山東巡撫採進本】國朝王士禎編。士禎有《古歡録》,此編凡五言詩十七卷,七言詩十五卷。……五卷以下則唐杜甫、韓愈，宋歐陽修、王安石、蘇軾、黃庭堅、晁説之、晁補之、陸游。（同上卷一百九十四集部總集類存目四）

【風月堂詩話二卷內府藏本】宋朱弁撰。弁有《曲洧舊聞》，已著録。是編多記元祐中歐陽修、蘇軾、黃庭堅、陳師道、梅堯臣及諸晁遺事。（同上卷一百九十五集部詩文評類一）

【墓銘舉例四卷山東巡撫採進本】明王行撰。……取唐韓愈、李翺、柳宗元、宋歐陽修、尹洙、曾鞏……晁補之、張耒、吕祖謙一十五家所作碑誌，録其目而舉其例。（同上卷一百九十六集部詩文評類二）

【晁無咎詞六卷江蘇巡撫採進本】宋晁補之撰。補之有《雞肋集》，已著録。是集《書録解題》作一卷，但稱《晁無咎詞》。《柳塘詞話》則稱其詞集亦名《雞肋》，又稱補之嘗自銘其墓，名《逃禪詞》。考楊補之亦字無咎，其詞集名《逃禪》，不應名字相同、集名亦復蹈襲，或誤合二人爲一歟？此本爲毛晉所刊，題曰《琴趣外篇》，其跋語稱詩餘不入集中，故名外篇。又分爲六卷，與《書録解題》皆不合，未詳其故。卷末《洞仙歌》一首，爲補之大觀四年之絶筆，則舊本不載。晉摭黃昇《花菴詞選》補録於後者也。補之爲蘇門四學士之一，集中如《洞仙歌》第二首、填盧仝詩之類，未免效蘇軾檃括《歸去來詞》之顰。然其詞神姿高秀，與軾實可肩隨。陳振孫於《淮海詞》下記補之之言曰：「少游詞如『斜陽外，寒鴉數點，流水繞孤村』，雖不識字人，亦知是天生好言語。」觀所品題，知補之於此事特深，不但詩文之擅長矣！刊本多訛，今隨文校正，其《引駕行》一首，證以柳永《樂章集》及集內「春雲輕鎖」一首，實佚其後半，無從考補，今亦仍之。至《琴趣外篇》，宋人中如歐陽修、黃庭堅、晁端禮、葉夢得四家詞皆有此

名，併補之此集而五，殊爲淆混。今仍題曰《晁無咎詞》，庶相別焉。（同上卷一百九十八集部詞曲類一）

梁玉繩

司馬温公集科場奏論，有「回、壇兩號，所對策辭理俱高」之語。……晁補之《雞肋集》亦云：「彥魯嵳字號卷，余擢爲開封第三。」此皆宋取士編號之法，以卷多防複，隨配偏旁，以廣其文。（《清白士集》卷二十四）

于敏中等

【濟北晁先生雞肋集四函三十二册】宋晁補之撰。補之字無咎，鉅野人。元豐間進士，官校書郎，知泗州。入元祐黨籍，《宋史》有傳。書七十卷，分賦、辭、詩、上書《罪言》《河議》、雜著、記、銘、贊、題跋、序、策問、雜論、書、表、啟、祭文、傳、行狀、墓表、墓志銘、贊疏二十一門。前有元祐九年補之自序。後有紹興七年其弟謙之跋，稱宣和以前，世莫敢傳，今得其賦騷詞四十有三，律詩六百三十有三，表啟雜文六百九十有三，編次爲七十卷云。蓋南渡後黨禁初開，文字始出，乃成書也。（《天禄琳琅書目後編》卷十八）

【濟北晁先生雞肋集二函十二册】篇目同上，另版。末刻「明吴郡顧氏，於崇正乙亥春，照宋刻壽梓，至中秋工始竣」。鈐印三，曰凝遠、青霞子、家藏記，當即其名也。（同上）

趙　翼

韓翃詩「新衣晚入青楊巷，細馬春過皂莢橋」，此不過屬對字面好看耳。青楊巷在荆州，梁何妥居白楊巷，蕭眘居青楊巷。皂莢橋在揚州，晁無咎《揚州》詩云：「皂莢村南三四里，春江不隔一程遥。」相去數千里，湊合有何味耶？（《簷曝雜記》卷五）

東坡襟懷浩落，中無他腸，凡一言之合，一技之長，輒握手言歡，傾蓋如故。而不察其人之心術，故邪正不分，而其後往往反爲所累。如李公擇、王定國、王晉卿、孫莘老、黄魯直、秦少游、晁補之、張文潛、趙德麟、陳履常等，固終始無間，甚至有爲坡遭貶謫，亦甘之如飴者。其他則一時傾心寫意，其後背而陷之者甚多。（《甌北詩話》卷五）

錢大昕

【蘇門四學士】黄魯直、秦少游、張文潛、晁無咎，稱蘇門四學士。宋沿唐故事，館職皆得稱學士。魯直官著作郎、祕書丞，少游官祕書省正字，文潛官著作郎，無咎官著作郎，皆館職。元豐改官制，以祕書省官爲館職。故有學士之稱，不特非翰林學士，亦非殿閣諸學士也。唯學士爲館閣通稱，故翰林學士特稱内翰以别之。（《十駕齋養新録》卷七）

【晁無咎詩】晁無咎《酬李唐臣贈山水短軸》詩：「大山宫，小山霍，欲識山高觀石脚。大波爲瀾，小波爲

淪，欲知水深觀水津。」按《爾雅》本以「大山宮小山」五字爲句，「霍」一字爲句，無咎誤仞爲三字句。（同上卷十六）

【宋史文苑傳晁補之】濟州鉅野人，太子少傅迥五世孫，宗慤之曾孫也。案：迥傳云，澶州清豐人，自其父佺，始徙家彭門。蓋迥之後又徙鉅野也。（《廿二史考異》卷八十一）

畢沅

紹聖四年春，二月癸未，制：「呂大防責授舒州團練副使，循州安置……張耒、呂希哲、呂希純、呂希績、姚勔、吳安詩、晁補之、賈易……等三十一人，或貶官奪恩，或居住安置，輕重有差。其郴州編管秦觀，移送橫州。」（《續資治通鑑》卷八十五）

崇寧元年夏，五月乙亥，詔：「……黃庭堅、晁補之、韓跂、王鞏……等四十人，行遣輕重有差。唯孫固爲神考潛邸人，已復職名及贈官，免追奪。」（同上卷八十七）

崇寧元年秋，九月己亥，御批付中書省：「應元祐責籍并元符末叙復過當之人，各具元籍定姓名進入。」于是蔡京籍文臣執政官文彥博等二十二人，待制以上官蘇軾等三十五人，餘官秦觀等四十八人，內臣張士良等八人，武臣王獻可等四人，等其罪狀，謂之姦黨，請御書刻石於端禮門。（同上卷八十八）

編者按：餘官四十八人中有晁補之。

崇寧元年冬，十月丙子，臣僚上言：「元祐黨人，朝廷近已施行。所有元符之末，共成黨與，變更法度復爲元祐者，伏望詳酌施行。」於是詔周常……晁補之、黄庭堅……並罷祠禄，各于外州軍居住，仍依陳乞宫觀新格，不得同在一州。（同上）

崇寧二年夏，四月乙亥，詔：「蘇洵、蘇軾、蘇轍、黄庭堅、張耒、晁補之、秦觀、馬涓《文集》，范祖禹《唐鑑》，范鎮《東齋記事》，劉攽《詩話》，僧文瑩《湘山野録》等印板，悉行焚毁。」（同上）

崇寧二年秋九月，臣僚上言：「近出使府界，陳州士人有以端禮門石刻元祐姦黨姓名問臣者，其姓名雖嘗行下，至於御筆刻石，則未盡知。近在畿甸且如此，況四遠乎！乞特降睿旨，以御書刊石端禮門姓名下外路州軍，於監司長吏廳立石刊記，以示萬姓。」從之。（同上）

編者按：餘官中有晁補之。

崇寧三年夏，六月戊午，詔：「重定元祐、元符黨人及上書邪等者，合爲一籍，通三百九人，刻石朝堂，餘並出籍，自今毋得復彈奏。」元祐姦黨，文臣曾任宰臣、執政官，司馬光等二十七人，待制以上官，蘇軾等四十九人，餘官，秦觀等一百七十六人；武臣，張巽等二十五人；内臣，梁惟簡等二十九人。爲臣不忠，王珪、章惇。（同上卷八十九）

編者按：餘官中有晁補之。

崇寧三年夏，六月壬戌，蔡京奏：「奉詔，令臣書元祐姦黨姓名。恭唯皇帝嗣位之五年，旌别淑慝，明信賞罰，黜元祐害政之臣，靡有佚罰。乃命有司，夷攷罪狀，第其首惡與其附麗者以聞，得三百九人。皇帝書而刊之石，置於文德殿門東壁，永爲萬世子孫之戒。又詔臣京書之，將以頒之天下。臣敢不

對揚休命，仰承陛下者悌繼述之志，謹書元祐姦黨名姓，仍連元書本進呈。」於是詔頒之州縣，令皆刻石。（同上）

張思巖

補之字無咎，年十七，從父端友宰杭州之新城，著《錢唐七述》，受知蘇軾。舉進士，試開封及禮部别院皆第一。元祐中爲著作郎。紹聖末謫監信州酒税。起知泗州。入黨籍。有《雞肋集》、《琴趣外篇》。（《詞林紀事》卷六）

【下水船（上客驪駒繫）】此闋《琴趣外篇》失載。（同上）

魯九皋

宋初國祚雖定，文采未著，學士大夫家效樂天之體，群奉王禹偁爲盟主。……於元祐之際，又有張文潛、晁無咎兄弟相爲羽翼，時稱「蘇門六君子」。（《詩學源流考》）

翁方綱

【晁具茨送一上人還滁州瑯琊山】上人法一朝過我，問我作詩三昧門。我聞大士入詞海，不起宴坐澄心源。禪波洞澈百淵底，法水蕩滌諸塵根。迅流速度超鬼國，到岸捨筏登崑崙。無邊草木悉妙藥，一切禽鳥皆能言。化身八萬四千臂，神通轉物如乾坤。山河大地悉自說，是身口意初不喧。世間何事無妙理？悟處不獨非風旛。群鵝轉頸感王子，佳人舞劍驚公孫。風飄素練有飛勢，雨注破屋空留痕。惜哉數子枉元解，但令筆畫空騰騫。君看瑯琊釀泉上，醉翁妙語今猶存。向來溪壑不改色，青嶂尚屬僧家緣。

具茨詩自不能居無咎之上。漁洋乃謂一鱗片甲高出無咎者，專指此一篇言之耳。（《七言詩三昧舉隅》）

晁無咎《信州南巖》詩，起結純用杜公《望嶽》詩，可謂有形無神。（《石洲詩話》卷三）

無咎才氣壯逸，遠出文潛、少游之上，而亦不免有邊幅單窘處。（同上）

晁具茨詩高逸，漁洋極賞之。然邊幅究不能闊大。至《送一上人還滁》一詩，則無咎不能爲也。漁洋所心賞當在此，而吴《鈔》乃獨不取之，蓋以爲涉禪耳。（同上卷四）

李調元

【擇腔】晁補之有《鬭百花》詞。楊誠齋云：「詞須擇腔，如《鬭百花》之無味，因此後作此腔者寥寥。」今按詞後段云：「低問石上鑿井，何由及底？微向耳邊，同心有緣千里。」句法本古樂府，更工於言情，乃知誠齋非深于此道者。（《雨村詞話》卷二）

【梅花第一詞】各家梅花詞，不下千闋，然皆互用梅花故事綴成，獨晁無咎補之不持寸鐵，别開生面，當爲梅花第一詞。《鹽角兒》云：「開時似雪，謝時似雪。」（詞見本集，略）（同上）

【兩無咎】揚無咎字補之，清江人；晁無咎亦字補之，濟北人：俱以詞名。揚名《逃禪集》，晁名《琴趣外篇》。而花庵于二補之俱不採入，只《草堂》載「癡男騃女」一詞，又逸其名，妄注毛東堂，可慨也。（同上卷三）

汪景龍、姚壎

【宋詩略序（節録）】王黄州、歐陽文忠精深雄渾，始變宋初詩格；而一則學白樂天，一則學韓退之。……又若王介甫之峭厲，蘇子美之超横，陳去非之宏壯，陳無己之雄肆。蘇長公之門有晁、秦、張、王之徒，黄涪翁之派有三洪、二謝……，俱宗仰浣花草堂，或得其神髓，或得其皮骨，而原本未嘗不同。（《宋詩略》卷首）

謝啟昆

【讀全宋詩仿元遺山論詩絶句二百首（選一首）】風物錢塘《七述》尊，文根經術屏浮言。躭吟自笑同雞肋，解組歸來賦小園。晁補之。（《樹經堂詩初集》卷十一）

邵晉涵

晁補之，太子少傅迥五世孫，宗慤之曾孫也，父端友。按《山谷集·晁君成墓誌》，晁氏世載遠矣，而中微，有諱迥者，以太子少保致仕，謚文元。君成曾王父諱迪，贈刑部侍郎。王父諱宗簡，贈吏部尚書。父諱仲偃，庫部員外郎。刑部視文元，母弟也。端友字君成，生補之。據此，則傳云迥五世者，誤。又《晁迥傳》：「迥子宗慤。」按《南豐集》：「慤父名遘。」又補之調澧州司户，按張耒《墓誌》作澶州。（《南江扎記》卷四）

闕名

蘇門諸子，較江西派中諸人，是爲爾雅。具茨妙有剪裁，補之才復寬綽，文潛以實力開張。淮海雖風骨俊秀，窘于邊幅，非晁、張之敵。東坡謂「秦得吾工，張得吾易」，未免阿私。（《静居緒言》）

孫星衍

《琴趣外篇》六卷。宋晁補之撰。（《孫氏祠堂書目》卷四）

凌廷堪

【戊申秋過湯陰不及訪圭塘遺址即次圭塘欸乃集摸魚子韻又集中此調起處皆用晁無咎買陂塘旋栽楊柳成句今亦仍之（節録）】買陂塘，旋栽楊柳，生平多少經務。巍然至正文章伯，也算濟時霖雨。吟北渚，料魏闕，關心不比梅花嶼。（《梅邊吹笛譜》卷下）

許寶善

【憶少年（無窮官柳）】曲而有直，體頓跌之妙，尋味無窮。（《自怡軒詞選》卷二）

焦循

【唐宋人詞用韻（節録）】毛大可稱詞本無韻，是也。偶檢唐、宋人詞……如晁補之《梁州令》用淺、銑。遍、霰。臉、儉。緩、旱。願、願。盞、潸。遠、沅。……晁補之《陽關引》用噎、屑。葉、葉。月、月。闊、曷。……晁補之《尾犯》用隱、吻。興、徑。韻、問。映、敬。信、震。景、梗。艇、迥。……晁補之《下水船》用繫、霽。起、紙。墜、寘。珮、隊。……按唐人應試用官韻，其非應試，如韓昌黎《贈張籍》詩，以「城堂江庭童窮」一韻，則「庚青江陽東通」協，不拘拘如律詩也。（《雕菰樓詞話》）

王文誥

宋哲宗元祐元年十一月二十九日，召試學士院，拔畢仲游、黄庭堅、張耒、晁補之並擢館職。誥案：張耒、晁補之等九人試學士院……晁補之爲太學正，李清臣薦召試，遷秘書省正字。（《蘇文忠公詩編注集成總案》卷二十七）

宋哲宗紹聖二年四月，張耒遣兵王告至，因以桄榔杖爲寄。……晁補之遷蘄水，並致慨焉。誥案：晁無咎監蘄州酒稅，皆坐修《實録》也。（同上卷三十九）

郭　麐

【詞有四派】詞之爲體，大略有四：風流華美，渾然天成，如美人臨粧，却扇一顧，花間諸人是也。晏元獻、歐陽永叔諸人繼之。施朱傅粉，學步習容，如宮女題紅，含情幽艷，秦、周、賀、晁諸人是也。柳七則靡曼近俗矣。姜、張諸子，一洗華靡，獨標清綺，如瘦石孤花，清笙幽磬……至東坡以横絶一代之才，凌厲一世之氣，間作倚聲，意若不屑，雄詞高唱，别爲一宗。（《靈芬館詞話》卷一）

許昂霄

【臨江仙】晁補之結語絶妙，惜起筆稍率。（《詞綜偶評》）

方東樹

【黄山谷】《以團茶洮州緑石硯贈無咎文潛》　此又平叙，而起溜亮俊逸。後二段章法，畢竟拙笨。（《昭昧詹言》卷十二）

《以小團龍及半挺贈無咎》　「先皇」句不歸，擲。「開典禮」三字擲。（同上）

《再次韻呈廖明略並寄無咎》　「一夫」六句散漫。（同上）

《次韻無咎閻子常攜琴入村》　似六一。二首皆薄。

【晁無咎】補之詞失之繁，氣稍緩。放翁多門面客氣。乃知大家之不易得。(同上)

補之緩弱平凡，乃開近人蔣士銓一切小才等派。(同上)

《遊棲巖寺呈提刑學士毅夫兄》「無雲」二句删。「孔侯」八句删。(同上)

《和縉雲寺關彦遠浮山作》此等詩何必入選。原本浮玉山當作浮山，見《揚州輿地志》。(同上)

《酬李唐臣贈山水短軸》起二句誤用。(同上)

《鸞車引》惜抱先生云：「宋時宫掖不聞有所譏，而無咎忽詠武后事，必有謂也。」此刺哲宗劉皇后也。傳云：「以不謹聞。」然則此詩作於徽宗初年。(同上)

《秋夜古風》長吉《浩歌》、放翁《三神山》及此，皆同一意，而不及坡《百步洪》帶説之妙。此可究作家大小之分。(同上)

《茗雪行和於潛令毛國華》薑塢先生云：「詩意未詳。」惜抱先生云：「『西陵白髮人』謂歐公。此二句用歐《代贈田文初》詩意。豈於潛亦以言被謫者耶？」(同上)

《賈碩秀才得兩圭有邸》惜抱先生云：「氣亦不能舉其詞。」(同上)

《徑山》學韓。不如坡，勝次公。(同上)

《送龍圖范大德孺帥慶》起句自唐以來「家尊」「先君」之稱，後人以爲嫌矣。(同上)

《次韻蘇門下寄題雪浪石》學韓。(同上)

姚椿

【山谷生日集吴山尊庶子𪗋齋分韻得人字(節録)】黄公天下士,孝友追古人,談道交周、程,歌詩邁晁、秦。台蕩及瀟湘,不爲岳瀆臣。如來昔行處,掉臂轉法輪。生平東坡知,意與韓、孟親。丈夫重意氣,直道益見真。(《通藝閣詩録》卷四)

周濟

【宋四家詞選目録序論(節録)】北宋含蓄之妙,逼近温、韋,非點水成冰時安能脱口即是。周、柳、黄、晁,皆喜爲曲中俚語,山谷尤甚。此當時之軟平勾領,原非雅音。若託體近俳,而擇言尤雅,是名本色俊語,又不可抹煞矣。(《介存齋論詞雜著》)

王道亨等

【古蹟】宋晁補之故居,在金鄉縣城東,金椶嶺北。按晁氏自云:「元符中,余南歸,始自鉅野遷此邑,去張氏園百步。」(《濟寧直隸州志》卷十一)

【陵墓】晁端友墓,在任城縣吕原。黄庭堅《晁君成墓誌銘》。

晁補之墓,在嘉祥縣西南十五里青山。(同上卷十五)

孔平仲爲陝西提刑，《謝表》云：「呂刑三千，人命所繫；秦關百二，地望匪輕。」晁無咎稱爲光前絶後。（《平書》卷八）

秦篤輝

馮金伯

【詞中妙語詩中所無】「花無人戴，酒無人勸，醉也無人管」，與晁補之《憶少年》起句「無窮官柳，無情畫舸，無根行客」，同一警絶。唐以後特地有詞，正以有如許妙語，詩家收拾不盡耳。《詞潔》。（《詞苑萃編》卷二）

【濟北詞人】晁補之字無咎，自稱濟北詞人，有《雞肋詞》、《逃禪詞》。近代詞家，自秦七、黄九外，無咎未必多遜。陳質齋。（同上卷四）

【歐詞本王維詩】晁無咎評歐陽永叔《浣溪沙》云：「『綠楊樓外出秋千』，祇一『出』字，自是後人道不到處。」予按王摩詰詩「秋千競出垂楊裏」，歐公詞意本此，晁偶忘之耶？李君實。（同上卷二十）

【蘇詞非不及于情】晁無咎云：「眉山公之詞短於情，蓋不更此境耳。」陳後山曰：「宋玉不識巫山神女而能賦之」，豈待更而後知，是直以公爲不及於情也。嗚呼，風韻如東坡，而謂不及於情，可乎。彼高人逸才正當如是，其溢爲小詞而閑及於脂粉之間，所謂滑稽翫戲，聊復爾爾者也。若乃纖艷淫媟，入人

骨髓，如田中行、柳耆卿輩，豈公之雅趣也哉。（同上卷二十一）

李　佳

【晁周詞】晁無咎《水龍吟》云：「去年暑雨鉤盤，夜闌睡起同征轡。……攬取庭前皓月，也應堪寄。」周美成《花犯·咏梅》云：「粉牆低，梅花照眼，依然舊風味。……一枝瀟洒，黄昏斜照水。」二詞層次曲折，一氣舒卷，機軸相同。（《左庵詞話》卷上）

【入作三聲】《詞林正韻》有云：入聲作三聲，詞家多承用。如晏幾道《梁州令》：「莫唱陽關曲。」「曲」字作邱雨切，叶魚虞韻。……晁補之《黄鶯兒》：「兩兩三三修竹。」「竹」字作張汝切，亦叶魚虞韻。……如此類不可悉數，故用其以入作三聲之例，而末仍列入聲五部，則入聲既不缺，而入作三聲者皆有切音，人亦知有限度，不能濫施以自便。（同上）

晁貽端

【晁氏叢書序（節録）】至宋初，文元、文莊父子以文學政事顯于朝，爲澶淵望族。無咎、以道、叔用、子止諸府君，世繼其美，著述宏富，冠於一代。（《晁氏叢書》卷首）

【晁氏叢書總目（節録）】東眷五世補之：《四書注》，缺卷。《重編楚詞》十六卷，《續楚詞》二十卷，《變離騷》二十卷，《晁補之集》七十卷，《四學士集》五卷，《雞肋集》七十卷，《晁無咎詞》六卷，《晁無咎詞

話》。缺卷。(同上)

【晁無咎詞後跋】此吾東眷五世祖、泗州府君補之詩餘也,從汲古閣毛子晉《六十家詞選》中録出。毛曰《琴趣外篇》六卷,宋左朝奉祕書省著作郎充祕閣校理國史編修官濟北晁補之無咎長短句也。其所爲詩文凡七十卷,自名《鷄肋集》,惟詩餘不入集中,故云外篇。昔年見吴門鈔本,混入趙文寶諸詞,亦名《琴趣外編》。蓋書賈射利,眩人耳目,最爲可恨。余已釐正,《介菴詞》辨之詳矣。無咎雖游戲小詞,不作綺艷語,殆因法秀禪師諄諄戒山谷老人,不敢以筆墨勸淫耶?大觀四年卒于泗州官舍。自畫山水留春堂大屏,上題云:「胸中正可吞雲夢,琖底何妨對聖賢。有意清秋入衡霍,爲君無盡寫江天。」又詠《洞仙歌》一闋,遂絶筆,不知何故逸去。今依花菴詞客附諸末幅。按《四庫書集部詞曲類目録》曰,《晁無咎詞》六卷,《直齋書録歌詞類》曰晁無咎詞一卷,《文獻通考別集歌詞類》曰晁無咎詞一卷,均無外篇之目,仍宜從舊名也。道光六年春日六安二十九世孫貽端識于都門之敏求齋。(同上)

黄維翰等

【古蹟】歸來園。縣城南,宋晁補之别業。晁自號歸來子。卧陶軒。縣城南,宋晁補之建。宋黄庭堅并國朝劉藻俱有詩,見《藝文》。(《鉅野縣志》卷三)

【選舉】宋進士:晁迥,晁宗慤,晁端禮,晁補之,晁詠之,王份,李昭玘。(同上卷十一)

【藝文書目】晁補之：《太極傳圖説》七卷，其《自序》以爲本康節之學。又有《易元星紀譜》、《易規》二書。又有《傳易堂》，記述漢以來至宋《易學》傳授甚詳。《春秋左氏傳雜論》一卷。《續楚辭》二十卷。《雞肋集》七十卷。（同上卷十五）

《卧陶軒懷古》：《府志》新增。國朝劉藻詩。陶令澹蕩人，高卧北窗下。手揮無弦琴，誰爲知音者。晁子家濟州，神襟獨淵雅。吐音非凡唱，驕騫凌天馬。城南有别業，廣澤浮大野。荆扉晝常閉，一軒獨蕭灑。圖書焕彝斝，卧陶偶白暑，羲皇心輸寫。此人不可作，此事繼者寡。我來問遺跡，頹垣碎古瓦。三復涪翁詩，抗懷寄蓮社。（同上）

【雜稽】陳師道，與晁無咎善，數至濟州，有詩。李植，晁無咎婿也，靖康初以督餉趨濟州，士氣十倍。（同上卷二十四）

蔣光煦

【張右史集（節録）】《右史集》乃大全，此本後有張表臣序。……張表臣著有《珊瑚鉤詩話》，及與陳後山、晁無咎游。惟序中稱「兩侍太師公相」，及「秦公熺送示舊藏八册」云云，疑張附檜之門下，晚節不無有玷然。（《東湖叢記》卷一）

王贈芳等

【古蹟】北渚亭。舊志云：在大明湖西，宋熙寧五年曾子固守齊州日建。……晁補之有賦。歷下亭。《齊乘》云：歷下亭，府城驛邸内，歷山臺上。面山背湖，實爲勝絶。縣志云：宋歷下亭自在湖上，既非唐之舊，亦與今不同。元歷下亭，于欽謂在歷山臺上，與晁補之《北渚亭賦序》所述相合，疑宋元遺址。（《濟南府志》卷十二）

江順詒

【詞非至南宋而敝（節録）】華亭宋尚木徵璧曰：「吾於宋詞得七人焉：曰永叔，其詞秀逸。曰子瞻，其詞放誕。曰少游，其詞清華。……他若黄魯直之蒼老，而或傷於頹。王介甫之劖削，而或傷於拗。晁無咎之規檢，而或傷於樸。……詒案：舉宋人詞不下數十家，可謂崇論閎議矣。（《詞學集成》卷五）

潘德輿

予又考文潛所詣，在北宋當屬大家，無論非少游、無咎所能，即山谷、後山，亦當放出一頭地。蓋勁于少游，婉於山谷，腴于後山，精於無咎，蘇公以爲超逸絶群，山谷以爲「筆端可以回萬牛」，誠非虚譽。（《養一齋詩話》卷五）

石林又云：「頃見晁無咎舉魯直『人家圍橘柚，秋色老梧桐』，自以爲莫能及。」吾不解黃魯直、晁無咎、葉石林皆博雅之流，竟不讀李太白詩耶！太白「人煙寒橘柚，秋色老梧桐」，千古名句，兒童皆能拾誦。（同上卷七）

姚文田等

【山川】雷塘：在城西北十五里，上塘長廣共六里餘，下塘長廣共七里。……宋晁無咎《揚州雜詠》詩：「雷陂新作麥田荒，曾説風興没雨郎。誰似當年李刺史，春波還引句城塘。」（《揚州府志》卷八）

【寺觀】古木蘭院：縣治西，即石塔寺。……晁無咎《次韻蘇翰林五日揚州石塔寺烹茶詩》。（同上卷二十八）

【古蹟二】摘星樓：在城西七里觀音閣之東阜，萬曆《江都縣志》。即迷樓故址。……紹聖二年，晁補之坐修故摘星亭不覆實支省錢，降通判應天府。（同上卷三十）

平山堂：在郡城西北五里蜀岡上，大明寺側。……晁補之詩：「蜀岡勢與蜀山通，龍虎盤拏上紫空。」（同上卷三十一）

黃爵滋

《次韻答晁無咎見贈》　静韻少根，井韻亦覺局促，此次韻之病也。（《讀山谷詩評·正集五言古》）

《奉和文潛贈無咎篇末多見及以既見君子云胡不喜爲韻八首》（其四）　晁、張二字率意露出，此病唐人

所無。(同上)

《晁、張和答秦觀五言予亦次韻》　通篇理語，是宋人本色。(同上)

《以團茶洮州緑石研贈無咎文潛》　此詩得李之神，得杜之骨。(同上)

《次韻晁補之廖正一贈答詩》至《再答明略二首》　諸作疊韻，俱近自然。究因七古轉摺稍寬，且叶韻多易換，故少牽湊之病。(同上)

曾國藩

《以團茶洮州緑石研贈無咎文潛》　元祐元年十二月試太學録，張耒試太學正，晁補之並爲祕書省正字。所謂道山延閣，所謂此地，並指禁省館閣言之也。思齊，指宣仁太后，紫皇及訪落，並指哲宗也。(《求闕齋讀書録》卷十《山谷詩集》)

《以小龍團及半挺贈無咎並詩用前韻爲戲》　佳人，謂無咎。棋局，謂團茶下隱隱有此文，蓋篾痕也。雞蘇、胡麻，俗人煮茶，多以此二物雜之。晉有羌人姚馥，但言渴於酒，群輩呼爲渴羌。(同上)

《次韻晁補之廖正一贈答詩》　晁無咎集云《及第東歸將赴調寄李成季》，又云《復用前韻答明略並呈魯直》。「頃隨計吏西入關」以下七句，俱言其不得志。「輕裘」句，言其登科也。(同上)

《答明略並寄無咎》　「已得樽前兩友生」，謂堯民、明略。「更思一士濟陽城」，謂無咎，時在濟州也。嗣宗，謂無咎之諸父，以無咎比阮咸也。(同上)

《次韻呈明略並寄無咎》「一夫鄂鄂獨無望」四句，言舉世混濁不清，是非不明，故但當拄笏看雲，不問榮枯耳。後忽幻出一夢，夢與二子對酒，奇甚。（同上）

《次韻無咎閣子常攜琴入村》山谷嘗寫《梁父吟跋》云：武侯此詩，乃以曹公專國，殺楊修、孔融、荀彧耳。此用《梁父吟》，亦跋中之意也。「村村」四句，咏入村也。晉石崇及衛瓘傳皆言飯化爲螺。「穀成螺」句，借用以言穀已堅栗也。公子，謂晁氏之群從也。（同上）

《二十八宿歌贈別無咎》有心謂虎犀與蜜，無心謂藥材，同一死也。神龜爲江使漁者豫且網得之，宋元王問衛平而知之，見《史記·龜策傳》。無南箕云者，謂衛平之口更大於南箕也。此二句言神龜以慧而死，與上六句同意。觜觿龜也，謂等蓍龜耳。「歲晏」、「張弓」二句不知所謂。

莫友芝

【雞肋集七十卷】宋晁補之撰。明刊本。又，崇禎乙亥吴郡顧凝遠依宋刊重刊本。《四庫》據之。昭文張氏舊抄本題：《濟北晁先生雞肋集》，宋紹興七年丁巳從弟謙之權福建轉運判官，編次爲七十卷，刊于建陽。張氏本，壬辰在吴下收得有季倉葦、王鳴盛諸藏印。又收明抄殘本。崇禎刊本亦有。跋與抄本同，即從刊本抄本出耳。（《郘亭知見傳本書目》卷十三）

【晁無咎詞六卷】宋晁補之之撰。汲古六集，題云《琴趣外篇》。（同上卷十六）

劉熙載

【晁無咎不能追東坡】東坡詞在當時鮮與同調，不獨秦七、黃九别成兩派也。晁無咎坦易之懷，磊落之氣，差堪驂靳，然懸崖撒手處，無咎莫能追躡矣。（《藝概》卷四）

【辛詞摸魚兒本無咎】無咎詞堂廡頗大。人知辛稼軒《摸魚兒》「更能消幾番風雨」一闋，爲後來名家所競效，其實辛詞所本，即無咎《摸魚兒》「買陂塘，旋栽楊柳」之波瀾也。（同上）

李壘等

【輿地】宋張氏園亭：宋御史張肅宅，晁補之有記。晁補之宅：去張氏園亭百步許。今春城北有石正方，色墨，隱曠野中，不知其爲張氏物晁氏物也。（《金鄉縣志》卷一）

【藝文】晁補之：鉅野人，遷金鄉。《太極傳》五卷，《因説》一卷，《太極外傳》一卷，《左氏春秋傳雜論》一卷文載《雞肋集》。《廣象戲圖》一卷，《無咎題跋》一卷，《重編楚辭》十六卷，《續楚辭》二十卷，《變離騷》二十卷，《雞肋集》七十卷，《緡城集》八卷，《濟北文粹》二十一卷，《晁氏家語》云：今存《雜著》一卷，《春秋左氏傳雜論》二卷，《西漢雜論》三卷，《唐書雜論》一卷，《舊唐書雜論》四卷，《五代雜論》一卷，《策問》三卷，書、記、序、雜説共六卷。明韓敬、胡濬、陸運昌、洪吉臣等校。《晁無咎詞》一卷。今《四庫》本六卷，題曰《琴趣外篇》。（同上卷十）

周學濬

【職官表】晁補之，字無咎，二月改知婺州、博州。（《湖州府志》卷五）

徐　嘉

【題蘇門六君子詩文集擬顔延年五君詠體豫章集】元祐四學士，涪翁標逸塵。瑰瑋妙當世，瘦硬彌通神。雲龍敵韓、孟，天馬先秦、陳。西江啟詩派，垂輝亦千春。（《味静齋集·詩存》卷八）

【濟北集】無咎天麒麟，美譽始弱冠。錢塘風物麗，《七述》氣灝瀚。寒飆冷空林，歸雲抱孤館。挑燈詩滿囊，渡海尚公伴。（同上）

李慈銘

太宗雅好二王筆法，自後代加夸飾，遂以此爲書家極軌，流俗影撰，丹青日滋，如玉匣殉昭陵等事，皆不足深信。晁補之等至以此爲太宗累，何異癡人説夢。蕭翼計賺辯才事，或由太宗篤好，不欲以萬乘之威，强劫緇流，故於幾暇怡神，作此游戲。存之以爲佳話，點綴藝苑，未始不可，不必深辨有無也。（《越縵堂讀書記·劄記》）

二李之惡極矣，貶之未可謂私。白敏中、令狐綯皆二李黨，贊皇引用不疑，而辛受其禍，憾自不釋，仇自

不解耳，非贊皇之過也。晁無咎詠贊皇云：「當年伏地全楊李，公亦何知愛憎間。」亦同此意。（《越縵堂詩話》卷下）

丁丙

【蘇門六君子文粹前記（手書）】《蘇門六君子文粹》七十卷，明刊本，不著編輯姓氏，或傳陳亮所輯，亦無確據。……其文皆從諸家集中録出，凡淮海十四卷，宛邱二十二卷，濟北二十一卷……板刻雖在崇禎，而雕鏤出於武林，益可珍也。前有雲間陳繼儒序，有曹氏巢南是亦樓藏書印，趙氏鑑藏諸册記。（《蘇門六君子文粹》卷首）

【濟北晁先生雞肋集七十卷明仿宋刊本，怡府藏書（手書）】宋晁補之撰。補之字無咎，鉅野人，元豐間舉進士。……是本爲顧凝遠青霞所刊，有識曰：「明吴郡顧氏於崇禎乙亥春，照宋刻壽梓，至中秋工始竣。」版心有「詩瘦閣」三字，有明善堂覽書畫印記、安樂堂藏書記印。（《善本書室藏書志》卷二十八）

【晁無咎詞六卷舊鈔本】宋晁補之撰。《柳塘詞話》云，《無咎詞》亦名《雞肋》。《書録解題》但稱《晁無咎詞》一卷。此即汲古閣刻之《琴趣外篇》六卷本，仍題曰《晁無咎詞》。陳直齋謂其佳處未嘗多遜秦、黄。今讀其詞，清新婉約，陳氏之評爲允。（同上卷四十）

陸心源

【刻續談助序】澶淵晁氏，爲北宋文獻之宗。自文元而後，不但巍科清秩，中外聯翩，如景迂悦之、深道詠之、叔用冲之、無咎補之、伯咎公邁、子止公武、子西公遡，各以氣節文章名當世，此外著書編集，傳世亦多。（《儀顧堂集》卷六）

【晁補之傳】晁補之，字無咎，濟州鉅野人。舉進士，試開封及禮部別院，皆第一。元祐初爲太學正，遷著作佐郎。章惇當國，出知齊州，坐修《神宗實録》失實，降通判應天府，移亳州，又貶監處、信二州酒税。徽宗立，復以著作召。既至，拜吏部員外郎、禮部郎中、兼國子編修實録檢討官。黨論起，爲諫官管師仁所論，出知河中府，徙湖州、密州、果州，遂主管鴻慶宫。還家葺歸來園，自號歸來子。大觀末，出黨籍，知達州，改泗州，卒。事蹟詳《宋史》本傳。（《元祐黨人傳》卷二）

【陳祐傳】陳祐，字純益，仙井人。第進士，元符末以吏部員外郎拜右正言，上疏徽宗曰：「……按賈易、岑象求、丰稷、張耒、黄庭堅、龔原、晁補之、劉唐老、李昭玘，人才均可用，特跡近嫌疑而已。」（同上卷六）

【李昭玘傳】李昭玘，字成季，濟南人。少與晁補之齊名，擢進士第，徐州教授，州守孫覺深禮之。（同上卷八）

張佩綸

前如慶曆，後如元祐，皆史之所推爲主聖臣賢者，實則一味粉飾敷衍而已。……當時惟坡公洞達民情，深識國勢，如唐之贊皇、明之江陵一流，惜其猶染樂全、六一習氣，動喜安佚，而在朝不久。所收羅僅黄、張、晁、秦諸人，特詞客非大才。（《澗于日記》光緒己丑年二月初七日）

馮桂芬

晁補之云：「近見蘇子美墨迹一卷，皆其所自作詩，行草爛然，龍蛇飛動。其中有《獨酌》詩云：『一酌澆腸俗慮奔，鷃微鵬大豈堪倫！楚靈當日能如此，肯入滄江作旅魂？』卷尾題云：『慶曆乙酉書於姑蘇驛。』今考其詩，蓋被罪明年居滄浪亭時所書。其詩放曠如此，或謂其幽憂以終，豈不誤哉！《吴中舊事》。（《蘇州府志》卷一百四十五）

瞿鏞

【濟北晁先生雞肋集七十卷明刊本】宋晁補之撰并序，弟謙之編，有跋，紹興間刻板建陽。此蘇州顧凝遠重刻本，卷後有「明吴郡顧氏於崇禎乙亥春，照宋刻壽梓，至中秋工始竣」二行。（《鐵琴銅劍樓藏書目録》卷二十）

邵懿辰、邵章

【雞肋集七十卷宋晁補之撰，其弟謙之編】明崇禎乙亥吴郡顧氏刊本。又明刊本。許氏有吴尺鳬校明刊本。

【續録】莫郘亭有張氏藏舊鈔本，題《濟北晁先生雞肋集》，宋紹興七年從弟謙之刊於建陽。明晁瑮本，明嘉靖三十三年重刊宋慶元五年黄汝嘉本。明崇禎八年顧凝遠詩瘦閣依宋本重刊本。四部叢刊本。（《增訂四庫簡明目録標注》卷十五）

【蘇門六君子文粹七十卷不著編輯者名氏。或題陳亮，無所據也。所録凡秦觀、張耒、晁補之、李廌、黄庭堅、陳師道六家之文】崇禎六年新安胡仲修刊本。有刊本甚精，似與《三蘇文粹》同選合刻。

【續録】明刊本。傅沅叔有吴兔床舊藏汲古閣刊本。（同上卷十九）

【晁無咎詞六卷宋晁補之撰，六集】汲古閣刊本，作《琴趣外篇》。

【續録】舊鈔《鷄肋集詞》一卷本。舊鈔《晁補之樂府》一卷本。涵芬樓印行林大椿校七卷本。李木齋藏袁漱六藏《四庫》底本，五卷。八千卷樓有鈔本六卷，板心有「求己齋」等字。道光十年裔孫貽端刊《晁氏叢書》本。雙照樓影刊宋金元明本詞本。（同上卷二十）

馮煦

【論晁補之詞】晁無咎爲蘇門四士之一，所爲詩餘，無子瞻之高華，而沈咽則過之。葉少藴主持王學，所

著《石林詩話》，陰抑蘇黄，而其詞顧挹蘇氏之餘波，豈此道與所問學，固多歧出邪。（《蒿庵論詞》）

汲古原刻，未嘗差別時代，故蔣勝欲以南都遺老而列書舟之前，晁補之、陳後山生際神京，顧居六集之末。蓋隨得隨雕，無從排比。（同上）

繆荃孫

【石蓮菴刻山左人詞序（節録）】庚子，又於《六十家詞》得柳耆卿、晁無咎、王錫老、侯彦周四家，於《典雅詞》得趙渭師一家，共十七家。荃孫。校刊記而序之曰：「夫古人之詞，往往在編集之外。故《雞肋集》七十卷，而《琴趣》目爲外篇，王漁洋三十六種，而《阮亭詩餘》不在其列，零星小帙，湮没尤易，此薈萃之難也。……《詞綜》載柳耆卿《樂章集》九卷，今一卷；李端叔《姑溪詞》二卷，今三卷；晁無咎《雞肋集詞》一卷，荃孫藏明鈔《雞肋集》七十卷，無詞，與毛子晉跋合。今六卷。編次大異。（《藝風堂文續集》卷五）

【濟北晁先生雞肋集七十卷】舊鈔本，孔葒谷藏書。收藏有繼涵之印，白文，南洲朱文，兩方印。（《藝風藏書記》卷六）

吴重憙

王禹偁、李師中、柳永、晁補之、冲之、端禮、李冠、楊適、李邴、侯置、王千秋、韓維、趙磻老，宋待訪十三人，不知《宋六十家詞》中能得一二否？馮選不在手下，請撥冗一檢，如有録者，可向王氏鈔取也。内

柳永、晁補之、晁端禮、王千秋、侯置五家，竹垞翁及見專集，汲古或取一二，未可知也。（《藝風堂友朋書札》下册）

黄氏

【洞仙歌（青煙幕處）】《苕溪叢話》云：「凡作詩詞，要當如常山之蛇救首救尾，不可偏也。如晁無咎作中秋《洞仙歌》其首云：『青烟幕處』至『閑階卧桂影』，固已佳矣。……遂并全篇其氣索然矣。」按前評固甚得謀篇構局之法。至其前闋從無月看到有月。次闋從有月看到月滿人間。層次井井，而詞致奇傑，各段俱有新警語，自覺冰魂玉魄，氣象萬千，興乃不淺。（《蓼園詞評》）

【摸魚兒（買陂塘旋栽楊柳）】花庵詞客云：「晁無咎《摸魚兒》，真能道急流勇退之意。真西山極愛賞之。」觀「休憶金閨故步」句，是由翰林遷謫後作也。語意峻切，而風調自清迥拔俗。故真西山極賞之。孫仲益云：「軒冕之榮，造物於人，不甚愛惜。而一邱一壑，未嘗輕以與人。言之有味。」（同上）

胡薇元

【東坡詞】《東坡詞》一卷。《東坡詞》本二卷，毛晉得金陵刊本，凡混黄、晁、秦、柳之作，悉芟之，故只一卷。（《歲寒居詞話》）

【山谷詞】《山谷詞》一卷。晁補之、陳後山，皆謂今代詞手惟秦七、黄九。然山谷非淮海之比，高妙處祇

是著腔好詩，而硬用䰐字、㞎字，不典。（同上）

【晁無咎詞】晁無咎補之《逃禪詞》。案：《逃禪詞》，揚無咎作，晁無咎並無《逃禪詞》之名，此作者之誤。無咎爲蘇門四學士之一，其詞神資高秀，可與坡老肩隨。陳振孫於《淮海詞》後記無咎之言曰：少游詞，如「斜陽外，寒鴉數點，流水繞孤村」，雖不識字人，亦知爲天生好言語。觀所品題，知無咎於此事特深，不但詩文擅長矣。宋揚補之亦字無咎，其詞亦曰《逃禪》，令人怪詫。或題晁詞作《琴趣外篇》以別之，然歐公、山谷、葉夢得、晁端禮皆有《琴趣》名，尤爲混淆。（同上）

吳昌綬

宋本寫成，亟盼一觀。中有前後誤裝者，且恐有脱葉，須加整理。《琴趣》非閣書比，故請加跋刻之。二晁亦罕逅，可否一并影出。（《藝風堂友朋書札》下册）

《瞿穎山書目》，是否有刻本？綬欲刻之。《楝亭書目》所録《琴趣》五家，即授經與綬之醉翁、二晁也，惟秦、黄不知流落何所。（同上）

陶刻《琴趣》，如此之好，趁早將二晁《琴趣》一并付刻，是一法也。（同上）

張德瀛

【詞與風詩意義相近】詞有與風詩意義相近者，自唐迄宋，前人鉅製，多寓微旨。如李太白「漢家陵闕」，

《兔爰》傷時也。……晁無咎「陂塘楊柳」，《伐檀》力稼穡也。（《詞徵》卷一）

【和韻詞】晁無咎《摸魚兒》、蘇子瞻《酹江月》、姜堯章《暗香》《疏影》，此數詞後人和韻最夥。至周美成詞，趙秋曉八用其韻……可以想一朝壇坫之盛。（同上）

【檃括體】詞有檃括體。賀方回長於度曲，掇拾人所棄遺，少加檃括，皆爲新奇。……晁無咎有填盧仝詩，蓋即此體。（同上）

【自五代至明之詞集（節録）】《晁無咎詞》六卷，宋晁補之撰。舊鈔本。《書録解題》編一卷。古虞毛氏題作《琴趣外編》。案：晁端禮亦有《閑齋琴趣外篇》一卷，曹鴻注。（同上卷四）

【北宋五子】同叔之詞温潤，東坡之詞軒驍，美成之詞精邃，少游之詞幽艷，無咎之詞雄邈，北宋惟五子可稱大家。（同上卷五）

【晁無咎詞】晁無咎慕陶靖節爲人，致仕後，葺歸來園，號歸來子。觀《琴趣外篇》題自畫《蓮社圖》詞，及呈祖禹十六叔詞，淡然無營，俯仰自足，可以挹其高致。（同上）

【莫莫休休】晁無咎詞「莫莫休休，白髮簪花我自羞」。陳後山詞「休休莫莫，莫更思量著」。黄叔暘詞「風流莫莫復休休」。考司空表聖在正貽溪之上結茅屋，命曰休休亭，嘗自爲亭記。其題休休亭之楹曰：「咄喏休休休，莫莫莫。伎倆雖多，性靈惡。」見尤延之《全唐詩話》。（同上）

沈曾植

【晁無咎詞話朱弁骫骳説】詞話始晁無咎，而朱弁《骫骳説》繼之。今二書皆不存，獨朱書名見《直齋書録解題》耳。（《護德瓶齋涉筆》。（《海日樓札叢》卷三）

延君壽

七古……六一、介甫學韓，張文潛、晁無咎輩是學韓、歐、東坡。（《老生常談》）

林紓

【忌直率（節録）】吕東萊評晁無咎文麄率，似「直率」二字，前人已發其病。而初學入手，狃於前輩「陽剛」之説，一鼓作氣，極諸所有，盡情傾瀉而出；驟讀之似有氣勢，不知氣不内積，雜收糟粕，用爲家珍，拉雜牽扯，蟬聯而下，外雖峥嶸，而内無主意。無主意便無剪裁，此即成直率之病。（《春覺齋論文·論文十六忌》）

【忌狂謬（節録）】祝枝山作《罪知録》，且歷詆韓、歐、蘇、曾六家之文，謂：「韓論易而近儇，形麤而情霸，其氣輕，其口誇，其發疏躁。歐陽如人畢生持喪，終身不披衮繡。東坡更作儇浮，的爲利口，譁獷之氣，肆溢舌表，使人奔迸狂顛不息。……至于老泉、潁濱、秦、黄、晁、張，則尤不足齒數。」枝山之意，

唯尊柳州。（同上）

陳廷焯

【晁無咎詞有本領】晁無咎詞，名不逮秦、柳諸家，而本領不在其下。（《詞壇叢話》）

【毛澤民與晁無咎詞】毛澤民詞，意境不深，間有雅調。晁無咎則有意蹈揚湖海，而力又不足。於此中真消息，皆未夢見。（《白雨齋詞話》卷一）

【陳子高詞婉雅閑麗】陳子高詞婉雅閑麗，暗合温、韋之旨；晁無咎、毛澤民、萬俟雅言等，遠不逮也。（同上）

【詞貴渾涵】詞貴渾涵，刻摯不能渾涵，終屬下乘。晁無咎《詠梅》云：「開時似雪，謝時似雪，花中奇絶。香非在蕊，香非在萼，骨中香徹。」費盡氣力，終是不好看。（同上卷六）

【摸魚兒（買坡塘旋栽楊柳）】漓灕頓挫。（《詞則·放歌集》卷一）

【惜奴嬌（歌闋瓊筵）】「暮」字韻復。（同上）

【滿江紅（東武城南）】風雅疏狂，音流絃外。（《詞則·别調集》卷一）

【宋詞】北宋晏、歐、王、范諸家，規模前輩，益以才思。東坡出，而縱橫排宕，掃盡纖浮；山谷崛强盤屈，另開生面；張、晁則摇曳生姿，才不大而情勝；秦、柳則風流秀曼，風骨不高而詞勝。（《雲韶集》）

陳衍

【卷一按語】此録亦略如唐詩，分初、盛、中、晚。……今略區元豐、元祐以前爲初宋，由二元盡北宋爲盛宋，王、蘇、黄、陳、秦、晁、張具在焉，唐之李、杜、岑、高、龍標、右丞也。（《宋詩精華録》卷一）

編者按：陳衍在《精華録》卷二中選録張耒詩如下：《出山》、《夏日三首》（選一首）、《二十三日即事》、《發安化回望黄州山》、《赴官壽安泛汴》、《自上元後閑作五首》（選二首）、《東風吹雨》、《懷金陵二首》。每首後均無評語，只最後有總評曰：「晁、張得蘇之雋爽，而不得其雄駿」。（同上卷二）

【劍懷堂詩草叙（節録）】故開天、元和者，世所分唐宋詩之樞斡也。廬陵、宛陵、東坡、臨川、山谷、後山、無咎、文潛，岑、高、杜、韓、劉、白之變化也；簡齋、止齋、滄浪、四靈，王、孟、韋、柳之變化也。子孫雖肖祖父，未嘗骨肉間一一相似，一一化生，人類之進退由之，況非子孫，奚能刻意蘄肖之耶！（《石遺室文集》卷九）

胡玉縉

【晁無咎詞六卷】此本爲毛晉所刊，題曰《琴趣外篇》，其跋語稱詩餘不入集中，故名《外篇》，又分爲六卷，與《書録解題》皆不合，未詳其故。卷末《洞仙歌》一首，爲補之大觀四年之絶筆，則舊本不載，晉摭黄昇《花菴詞選》補録於後者也。陳振孫於《淮海詞》下記補之之言曰：「少游詞，如『斜陽外，寒鴉數點，流水繞孤村』，雖不識字人，亦知是天生好言語。」觀所品題，知補之於此特深。刊本多訛，今隨文校正，其《引駕行》一首，證以柳永《樂章集》及集内「春雲輕鎖」一首，實佚其後半，無從考補，今亦仍之。（《四庫全書總目提要補正》卷六十）

況周頤

有宋熙豐間，詞學稱極盛。蘇長公提倡風雅，爲一代山斗。黄山谷、秦少游、晁無咎皆長公之客也。山谷、無咎皆工倚聲，體格於長公爲近。唯少游自闢蹊徑，卓然名家。……王晦叔《碧雞漫志》云，黄、晁二家詞，皆學坡公，得其七八。而於少游獨稱其俊逸精妙，與子野並論，不言其學坡公，可謂知少游者矣。（《蕙風詞話》卷二）

謝鍾齡、施獻璜等

【古跡】晁無咎小照石刻，宋建炎元年，婿李植命工爲繪像，弟挽之題贊。後植知横州，子汝土隨之任，以其像刊石摹拓。任滿，遺石去。明正德間，知州黄琮獲之，置於浮槎館。以無咎嘗於紹聖間與秦觀同貶云。（《横州志》卷四）

李盛鐸

【濟北晁先生鷄肋集七十卷宋晁補之撰】明刊本，明崇禎顧凝遠詩瘦閣刻本。有鈔配及缺葉。元祐九年二月自序。半葉九行，行十九字，板心下有「詩瘦閣」三字。卷一標題下有「顧凝遠印」、「誕伯氏」陽文二墨印。末有紹興七年弟謙之跋。（《木樨軒藏書題記及書録·書録》卷四）

【晁無咎詞五卷宋晁補之撰】舊鈔本，清乾隆翰林院鈔《四庫》底本。《四庫》底本，前有「欽定四庫全書」一行並「翰林院典籍廳關防」。（同上）

葉德輝

吴郡顧凝遠詩瘦閣：崇禎乙亥八年。仿宋刻《濟北晁先生雞肋集》七十卷。見《四庫書目提要》、《丁志》。云板心有「詩瘦閣」三字。卷後有「明吴郡顧氏於崇禎乙亥照宋刻壽梓。至中秋工始竣」二行。（《書林清話》卷五）

編者按：《丁志》指丁丙《善本書室藏書志》。

張元濟

【濟北晁先生雞肋集七十卷鈔本十六册秦敦夫許周生舊藏】《愛日精廬藏書志》，有舊鈔本，前有補之自序，後有紹興七年丁巳弟謙之跋。謂「所得者古賦、騷、辭四十有三，古律詩六百三十有三，表、啟、雜文、史評六百九十有三，編爲七十卷，刊於建陽」云云。是本前後無序跋，檢其所收，古賦、騷、辭視原編減二十，古律詩減十，文減一，似已非建陽初刻之舊。然明顧凝遠刻本稱「照宋刻壽梓」，詩文篇目亦與是本無異，是建陽初刻之外，必有别本。是當從之傳録。卷中語涉宋帝，均提行或空格，若非宋刻，固不能有此式也。（《涵芬樓燼餘書録·集部》）

闕　名

【怡府藏書《雞肋集》前記（手寫）】《濟北晁先生雞肋集》七十卷，明仿宋刊本，怡府藏書。宋晁補之撰。補之字無咎，鉅野人，元豐間舉進士，禮部别試皆第一。元祐中除校書郎，紹聖末謫信州監酒稅，大觀中起知泗州，後入元祐黨籍。七歲能屬文，越十年，爲文曰《七述》，叙杭之山川人物之盛舉。蘇長公見之嘆曰：「吾可以閣筆矣！」元祐九年，嘗以食之無所得、棄之則可惜之義，自名其集曰《雞肋》，綴以小跋。紹興七年，弟謙之題曰：「從兄無咎著述甚富，元祐末在館閣時嘗自製其序。宣和以前，世莫敢傳。自捐館舍逮今二十八年，始得編次爲七十卷，刊於建陽。」蓋其時謙之方權福建路轉運判官也。是本爲顧凝遠青霞所刊，有識曰：「明吴郡顧氏，於崇禎乙亥春，照宋刻壽梓，至中秋工始竣。」刻心有「詩瘦閣」三字，有明美堂覽書畫印記，安樂堂藏書記印。（《濟北晁先生雞肋集》卷首）

傅增湘

【濟北晁先生雞肋集七十卷　宋晁補之撰】舊寫本，十二行二十六字。鈐有季滄葦、王西莊、張月霄、汪士鐘、潘椒坡、叢睦堂汪氏、莫楚生各藏印。（癸未）（《藏園群書經眼録》卷十三，下同）

【濟北晁先生雞肋集七十卷　宋晁補之撰】舊寫本，十行十八字，鈔字古雅，當是學人手筆。鈐有「禮邸珍玩」、「李淮祺印」、「遐修」各印。（徐梧生藏。乙丑）

【濟北晁先生雞肋集七十卷　宋晁補之撰】清寫本，十行十八字。鈐有「張敦仁讀過」、「陽城張氏省訓堂經籍記」、「廣圻審定」諸印。（余藏）

【宋詩三十七家】明潘是仁訒叔甫輯校，九行十九字。有李維楨序。詩皆分體。林逋、六卷。唐庚七卷。……晁補之、陳師道……（同上卷十七）

【晁氏琴趣外篇六卷學士晁補之無咎】（同上卷十九）

王國維

歐九《浣溪沙》詞：「緑楊樓外出秋千。」晁補之謂：「祇一『出』字，便後人所不能道。」余謂：「此本於正中《上行杯》詞『柳外秋千出畫牆』，但歐語尤工耳。」（《人間詞話》）

余嘉錫

晁無咎五十八□□補之，生皇祐五年癸巳，卒大觀四年庚寅。

本傳不載卒年，今據《郡齋讀書志》。

案：《名臣碑傳琬琰集》中編卷三十四，有《晁太史墓誌銘》，題直閣張耒撰，其文又見《蘇門六君子文粹》中《宛丘文粹》卷二十二，而《宛丘集》、《柯山集》、《右史集》皆文潛集名皆未收。略云：「大觀四年，用近制詣部，授知達州，擢知泗州。到官無幾何，以疾卒，年五十八。」《讀書志》卷十九《鷄肋編》條下，所引張耒之説，全出於此誌，錢氏未之見耳！（《余嘉錫論學雜著·疑年録稽疑》）

趙萬里

【校輯宋金元人詞序（節録）】《琴趣外篇》，乃閩中書肆所刻，毛子晉有影宋寫本歐陽修《醉翁琴趣》、晁元禮《閑齋琴趣》、晁無咎《晁氏琴趣》各六卷，此外毛斧季校本《淮海詞》，亦時引《琴趣》，知尚有《淮海琴趣》。（《校輯宋金元人詞》卷首）

莫伯驥

【《濟北晁先生雞肋集》七十卷明詩瘦閣仿宋刊本】宋晁補之撰。補之字無咎，鉅野人……是本爲顧凝遠青霞所刊，有識曰：「明吴郡顧氏於崇禎乙亥春，照宋刻壽梓，至中秋工始竣。」版心有「詩瘦閣」字様。半葉九行，行十九字，封面上角有字曰：「茲集向無刻本，傳寫多訛，本宅今照宋板較讎精覈，公諸好事。如有翻刻射利者，千里必究云。」伯虁别藏前清禮邸寫本一部，當與此本對勘，詳之書目二編。

（《五十萬卷樓藏書目録初編》卷十六）

附録

宋史晁補之傳

晁補之，字無咎，濟州鉅野人，太子少傅迥五世孫，宗慤之曾孫也。父端友，工於詩。補之聰明强記，纔解事即善屬文，王安國一見奇之。十七歲從父官杭州，稡錢塘山川風物之麗，著《七述》以謁州通判蘇軾。軾先欲有所賦，讀之嘆曰：「吾可以閣筆矣！」又稱其文博辯儁偉，絶人遠甚，必顯於世，由是知名。

舉進士，試開封及禮部別院，皆第一。神宗閲其文曰：「是深於經術者，可革浮薄。」調澶州司户參軍，北京國子監教授。元祐初，爲太學正，李清臣薦堪館閣，召試，除祕書省正字，遷校書郎，以祕閣校理通判揚州，召還，爲著作佐郎。章惇當國，出知齊州，群盜晝掠塗巷，補之默得其姓名、囊橐皆審，一日宴客，召賊曹以方略授之，酒行未竟，悉擒以來，一府爲徹警。坐修《神宗實録》失實，降通判應天府、亳州，又貶監處、信二州酒税。徽宗立，復以著作召。既至，拜吏部員外郎、禮部郎中，兼國史編修、實録檢討官。黨論起，爲諫官管師仁所論，出知河中府，修河橋以便民，民畫祠其像。從湖州、密州、果州，遂主管鴻慶宫。還家，葺歸來園，自號歸來子，忘情仕進，慕陶潛爲人。大觀末，出黨籍，起知達州，改泗州，卒，年五十八。

補之才氣飄逸，嗜學不知倦，文章温潤典縟，其凌麗奇卓出於天成。尤精《楚詞》，論集屈、宋以來賦詠爲《變離騷》等三書。安南用兵，著《罪言》一篇，大意欲擇仁厚勇略吏爲五管郡守，及修海上諸郡武備，議者以爲通達世務。從弟詠之。

編者按：黄庭堅曾爲補之之父撰《晁君成墓誌銘》，稱晁氏家世中微，嗣後晁迥任爲翰林學士承旨，其子宗慤任爲參知政事，由此晁氏家世始顯耀。而君成之高祖是晁迪，晁迥是其同母弟。《宋史》晁補之本傳將其從祖當作嫡祖，遂造成誤解。張耒所撰《晁補之墓誌銘》，所叙晁氏家世與黄庭堅相同。他倆與晁補之莫逆知己，所記真實可信。

晁補之生母墓誌銘

宋壽光縣太君楊氏墓誌銘并序

朝請郎充集賢殿修撰、權知鄧州軍州兼京西南路安撫司公事、柱國賜紫金魚袋杜紘撰。

朝奉郎充秘閣校理、權知耀州軍州事、上輕車都尉借紫畢仲游書。

承議郎充秘閣校理、提點京東西路刑獄公事、雲騎尉借紫李昭玘篆蓋。

秘書省著作佐郎兼朝奉郎晁君諱端友之夫人楊氏，濟州任城人。其先漢太尉華陰震之裔，而尚書比部郎中贈右朝議大夫諱早者，考也。少静默，雖嬉戲不下堂。八歲喪母鄭氏，事繼母金華縣君向氏如成人。朝議異之，曰：「吾女必歸一賢士。」而著作方冠，有奇譽，迺歸焉。而鄭夫人奩具□金，朝議欲盡以行，夫人以權其妹舅、尚書庫部員外郎諱仲偃，寬仁好施，不問家有無。而姑許氏蚤世，繼長壽縣君劉氏家，故有風範，奉祭祀，待宗黨賓客惟腆。夫人常先意無違。朝議刺榮州，卒。聞喪，水漿不入口者三日。常謂婦人不得專，其出非是。後從子得伸，歲時祀其考妣終身。晁氏徹然後之，楊氏禮意惟稱。著作少擢詞科，而恬愉不樂仕進，有山林遠引意。作詩千篇，秖用以自娱，爲名世士所稱，曰此有其實而辭其名者。乏無擔石，或累歲不調，而夫人亦晏如也。既亡，夫人衣布蔬食，教子讀書，皆登進士弟。補之爲承議郎、秘書丞著作郎、秘閣校理知齊州事。將之爲瀛州防禦推官、知萊州膠水縣事、曹州州學教授。而用補之通籍，封壽光縣太君。初，補之在京師，夫人嘗從容言：「汝父平生志甚高，仕非其本欲。兒德愧先人，慎毋爲詭遇。吾老無所用，富貴如是多矣。」後補之亦連蹇，謫通判應天府，又奪校理，監處州鹽酒税。而夫人時年六十七矣。補之曰：「以不忠獲罪，不可以不孝累吾親。願迎夫人之曹州而後行。」夫人曰：「汝知爲忠，孝可以免咎，吾行也。」至丹徒，疾病發，紹聖二年三月丁丑卒。其子護喪北歸，道濡滯憂，不以時葬。一夕夢夫人乘犢車，號而隨之，褰帷語曰：「汝尚畢吾事，在百日中。」因入里視，其榜曰「保神門」。即其年六月己酉，祔于任城魚山著作之墓。嗚呼，異矣！冢婦永嘉縣君杜氏，與舅婦向氏皆恭睦，能遵其遺意。女皆適士族，長山南東道節度推官、知穀城縣事張元弼，次登州防禦推官、知上饒縣葉助，次進士賈堯文，次瀛州防禦推官、知臨江軍録事參軍陳琦，次彭城縣主簿閻師孟，次進士李公裕，次襄邑縣主簿杜欽益，而適葉、李者，前卒。孫，公爲、公秉、公爕，一未名。

女孫三人。夫人性慈儉，質真無猜阻。篤信佛事，誦《金剛般若》二十餘年，晚讀《大圓覺經》，至「以幻修幻」處，云火出木盡，灰飛煙滅，以幻修幻，亦復如是。忽自了云：「我知木因幻生，火從幻出，幻滅無餘，而不滅者常寂也。」自是每言其義而信彌篤。將啓手足，猶合掌歛容如諷佛狀。後七日，其子諧金山供佛，遇真覺大師志添者，傳其遠祖百花巖主之道，能誦呪，令鉢水涌。或祈請不往而自求，至夫人柩側，□□趺坐音如出金石，忽起言曰：「汝母無苦，凡吾宣揚無塞滯者，皆無苦也。」其子即跪奉金帛，辭不受。人以爲夫人淨信所致云。紘兄之子妻補之，而夫人之季女實紘長子婦，故以狀諫銘曰：生有所於封亦壽，而光没有。所於歸保，神以康壽。如幻其終滅兮，保不滅之惟常。孰此言之不在兮，有聖人乎西方。匪山之遠水，則長性如此。量宏無疆，豈惟有後爲不亡。（墓誌見《考古》雜誌一九八六年第九期）

引用書目

澠水燕談録　宋王闢之撰　中華書局一九八一年版
蘇軾詩集　宋蘇軾撰　中華書局一九八二年版
蘇軾文集　宋蘇軾撰　中華書局一九八六年版
宋伯集　宋孔武仲撰　豫章叢書本
黄山谷詩集　宋黄庭堅撰　四部備要本
豫章黄先生文集　宋黄庭堅撰　四部叢刊本
山谷題跋　宋黄庭堅撰　津逮祕書本
山谷全書　宋黄庭堅撰　清光緒甲午刊本
淮海集　宋秦觀撰　清道光十七年刊本
西臺集　宋畢仲游撰　武英殿聚珍叢書本
寶晉英光集　宋米芾撰　湖北先正遺書本
後山居士文集　宋陳師道撰　上海古籍出版社一九八四年版
後山談叢　宋陳師道撰　寶顔堂祕笈本

後山集　宋陳師道撰　清光緒十一年刻本
濟北晁先生雞肋集　宋晁補之撰　四部叢刊本
濟北晁先生雞肋集　宋晁補之撰　清鈔本
濟北晁先生雞肋集　宋晁補之撰　傅增湘校本
琴趣外篇　宋晁補之撰　汲古閣宋名家詞本
晁無咎詞　宋晁補之撰　文淵閣四庫全書本
柯山集　宋張耒撰　文淵閣四庫全書本
張右氏文集　宋張耒撰　四部叢刊本
柯山集　宋張耒撰　武英殿聚珍叢書本
樂静集　宋李昭玘撰　四庫全書珍本初集本
演山集　宋黄裳撰　文淵閣四庫全書本
姑溪居士文集　宋李之儀撰　粤雅堂叢書本
濟南先生師友談記　宋李廌撰　北京中國書店影印宋咸淳本
嵩山文集　宋晁説之撰　四部叢刊本
道鄉集　宋鄒浩撰　文淵閣四庫全書本
侯鯖録　宋趙令時撰　知不足齋叢書本

優古堂詩話　宋吴幵撰　中華書局歷代詩話續編本
浮沚集　宋周行己撰　武英殿聚珍叢書本
王直方詩話　宋王直方撰　中華書局宋詩話輯佚本
横塘集　宋許景衡撰　文淵閣四庫全書本
石門文字禪　宋惠洪撰　四部叢刊本
建康集　宋葉夢得撰　文淵閣四庫全書本
石林詩話　宋葉夢得撰　中華書局歷代詩話本
石林燕語　宋葉夢得撰　中華書局一九八四年版
避暑録話　宋葉夢得撰　津逮祕書本
雞肋編　宋莊綽撰　中華書局一九八三年版
浮溪集　宋汪藻撰　武英殿聚珍叢書本
太倉稊米集　宋周紫芝撰　文淵閣四庫全書本
紫微詩話　宋吕本中撰　中華書局歷代詩話本
春渚紀聞　宋何薳撰　中華書局一九八三年版
彦周詩話　宋許顗撰　中華書局歷代詩話本
横浦日新　宋張九成撰　商務印書館影印張氏藏本

橫浦集　宋張九成撰　文淵閣四庫全書本
廣川畫跋　宋董逌撰　翠琅軒叢書本
能改齋漫録　宋吴曾撰　上海古籍出版社一九六〇年版
辨誤録　宋吴曾撰　學海類編本
邵氏見聞後録　宋邵博撰　中華書局一九八二年版
雙溪集　宋蘇籀撰　粤雅堂叢書本
欒城先生遺言　宋蘇籀撰　百川學海本
珊瑚鉤詩話　宋張表臣撰　中華書局歷代詩話本
曲洧舊聞　宋朱弁撰　知不足齋叢書本
風月堂詩話　宋朱弁撰　寶顔堂祕笈本
竹洲集　宋吴儆撰　文淵閣四庫全書本
韻語陽秋　宋葛立方撰　中華書局歷代詩話本
湖山集　宋吴芾撰　文淵閣四庫全書本
昭德先生郡齋讀書志　宋晁公武撰　宛委别藏本
梅溪先生後集　宋王十朋撰　四部叢刊本
苕溪漁隱叢話　宋胡仔撰　人民文學出版社一九八一年版

古今詞話　宋楊湜撰　趙萬里校輯宋金元人詞本
墨莊漫録　宋張邦基撰　四部叢刊本
續資治通鑑長編　宋李燾撰　文淵閣四庫全書本
盤州文集　宋洪適撰　四部叢刊本
東都事略　宋王偁撰　文淵閣四庫全書本
碧雞漫志　宋王灼撰　知不足齋叢書本
頤堂先生文集　宋王灼撰　四部叢刊本
容齋隨筆　宋洪邁撰　上海古籍出版社一九七八年版
老學庵筆記　宋陸游撰　中華書局一九七九年版
廬陵周益國文忠公集　宋周必大撰　宋集珍本叢刊
益公題跋　宋周必大撰　津逮祕書本
清波雜志　宋周煇撰　四部叢刊本
南澗甲乙稿　宋韓元吉撰　武英殿聚珍叢書本
誠齋詩話　宋楊萬里撰　中華書局歷代詩話續編本
揮麈後録　宋王明清撰　四部叢刊本
玉照新志　宋王明清撰　寶顏堂祕笈本

雪山集　宋王質撰　武英殿聚珍叢書本
畫繼　宋鄧椿撰　津逮祕書本
江湖長翁集　宋陳造撰　文淵閣四庫全書本
葉適集　宋葉適撰　中華書局一九六一年版
習學記言　宋葉適撰　文淵閣四庫全書本
坡門酬唱集　宋邵浩撰　文淵閣四庫全書本
耆舊續聞　宋陳鵠撰　知不足齋叢書本
建炎以來繫年要録　宋李心傳撰　史學叢書本
張氏拙軒集　宋張侃撰　四庫全書珍本初集本
賓退録　宋趙與時撰　上海古籍出版社一九八三年版
履齋示兒編　宋孫奕撰　知不足齋叢書本
鶴山先生大全文集　宋魏了翁撰　四部叢刊本
寶真齋法書贊　宋岳珂撰　武英殿聚珍叢書本
吹劍録外集　宋俞文豹撰　文淵閣四庫全書本
鶴林玉露　宋羅大經撰　中華書局一九八三年版
梅花衲　宋李龏撰　知不足齋叢書本

簣窗集　宋陳耆卿撰　四庫全書珍本初集本
藏一話腴　宋陳郁撰　文淵閣四庫全書本
南宋館閣續録　宋闕名撰　文淵閣四庫全書本
竹溪十一稿詩選　宋林希逸撰　汲古閣本
皇宋通鑑長編紀事本末　宋闕名撰　宛委别藏本
直齋書録解題　宋陳振孫撰　武英殿聚珍叢書本
困學紀聞　宋王應麟撰　商務印書館一九五九年版
齊東野語　宋周密撰　中華書局一九八三年版
雲烟過眼録　宋周密撰　十萬卷樓叢書本
詩林廣記　宋蔡正孫撰　中華書局一九八二年版
霽山集　宋林景熙撰　文淵閣四庫全書本
詞源　宋張炎撰　人民文學出版社一九八一年版
滹南遺老集　金王若虚撰　四部叢刊本
紫山大全集　元胡祗遹撰　文淵閣四庫全書本
郝文忠公集　元郝經撰　清嘉慶戊午刻本
桐江集　元方回撰　宛委别藏本

桐江續集　元方回撰　四庫全書珍本初集本
瀛奎律髓彙評　元方回選評　上海古籍出版社一九八六年版
隱居通議　元劉壎撰　讀畫齋叢書本
西巖集　元張之翰撰　四庫全書珍本初集本
清容居士集　元袁桷撰　四部叢刊本
金華黄先生文集　元黄溍撰　四部叢刊本
圭塘欸乃集　元許有壬等撰　藝海珠塵本
東維子文集　元楊維楨撰　四部叢刊本
宋史　元脱脱等撰　中華書局一九七七年版
繪圖寶鑑　元夏文彦撰　津逮祕書本
文獻通考　元馬端臨撰　文淵閣四庫全書本
宋學士文集　明宋濂撰　四部叢刊本
文淵閣書目　明楊士奇撰　清嘉慶庚申刊本
水東日記　明葉盛撰　中華書局一九八〇年版
菉竹堂書目　明葉盛撰　粤雅堂叢書本
讕言長語　明曹安撰　寶顔堂祕笈本

瓠翁家藏集　明吴寬撰　四部叢刊本
李東陽集　明李東陽撰　岳麓書社一九八四年版
餘冬詩話　明何孟春撰　學海類編本
太史升庵全集　明楊慎撰　清乾隆六十年刊本
升庵詩話　明楊慎撰　中華書局歷代詩話續編本
詞品　明楊慎撰　人民文學出版社一九六〇年版
蓉塘紀聞　明姜南撰　藝海珠塵本
皇明文衡　明程敏政輯　四部叢刊本
藝苑巵言　明王世貞撰　中華書局歷代詩話續編本
續焚書　明李贄撰　中華書局一九五九年版
國史經籍志　明焦竑撰　粤雅堂叢書本
世善堂藏書目録　明陳第撰　知不足齋叢書本
草堂詩餘正集、續集　明沈際飛評述　明刊本
少室山房筆叢　明胡應麟撰　中華書局一九五八年版
詩藪　明胡應麟撰　上海古籍出版社一九七九年版
蘇門六君子文粹　闕名編　文淵閣四庫全書本

太平清話　明陳繼儒撰　偉文圖書公司影印明刊本
銷夏部　明陳繼儒撰　明萬曆繡水沈氏刻寶顏堂秘笈本
珂雪齋近集　明袁中道撰　上海書店重印襟霞閣本
疑耀　明張萱撰　嶺南遺書本
牧齋初學集　清錢謙益撰　上海古籍出版社一九八五年版
絳雲樓書目　清錢謙益撰　粵雅堂叢書本
尊水軒集略　清盧世淮撰　清順治刊本
宋元學案　清黄宗羲撰　中華書局一九八六年版
書影　清周亮工撰　上海古籍出版社一九八一年版
季滄葦書目　清季振宜撰　粵雅堂叢書本
歷代詩話　清吴景旭撰　中華書局一九五八年版
詩筏　清賀貽孫撰　上海古籍出版社清詩話續編本
曝書亭集　清朱彝尊撰　四部叢刊本
述古堂藏書目　清錢曾撰　粵雅堂叢書本
宋詩鈔　清吴之振、吕留良、吴自牧等　中華書局一九八六年版
式古堂書畫彙考　清卞永譽撰　文淵閣四庫全書本

池北偶談　清王士禛撰　中華書局一九八二年版
香祖筆記　清王士禛撰　上海古籍出版社一九八二年版
漁洋詩話　清王士禛撰　上海古籍出版社清詩話本
居易録　清王士禛撰　清康熙辛巳年刻本
蠶尾文集　清王士禛撰　上海錦文堂印本
西圃詞説　清田同之撰　中華書局詞話叢編本
古歡堂集　清田雯撰　清刊本
載酒園詩話　清賀裳撰　上海古籍出版社清詩話續編本
詞律　清萬樹撰　中華書局一九五八年版
峴齋詩談　清張謙宜撰　上海古籍出版社清詩話續編本
詞潔輯評　清先著、程洪撰　中華書局詞話叢編本
古今詞話　清沈雄撰　澄暉堂刊本
新城縣志　清張瓚等撰　清康熙十二年刻本
文瑞樓藏書目録　清金檀撰　讀畫齋叢書本
釀蜜集　清浦起龍撰　清光緒二十七年刻本
欽定詞譜　清陳廷敬、王弈清等　北京中國書店一九八三年版

歷代詞話　清王奕清等輯　中華書局詞話叢編本
東城雜記　清厲鶚撰　粤雅堂叢書本
五代詩話　清王士禎、鄭方坤撰　粤雅堂叢書本
蒲州府志　清喬光烈、周景桂等撰　清乾隆十九年刻本
援鶉堂筆記　清姚範撰　清道光十五年刊本
鮚埼亭詩集　清全祖望撰　四部叢刊本
王荆公年譜考略　清蔡上翔撰　上海人民出版社一九五九年版
四庫全書總目提要　清紀昀等編　商務印書館一九三三年版
清白士集　清梁玉繩撰　清嘉慶刻本
天禄琳琅書目後編　清于敏中等撰　清光緒甲申長沙刻本
簷曝雜記　清趙翼撰　中華書局一九八二年版
甌北詩話　清趙翼撰　人民文學出版社一九八一年版
十駕齋養新録　清錢大昕撰　商務印書館一九八三年版
廿二史考異　清錢大昕撰　商務印書館一九五八年版
續資治通鑑　清畢沅編　中華書局一九五七年版
詞林紀事　清張思巖撰　成都古籍書店一九八二年版

詩學源流考　清魯九皋撰　上海古籍出版社清詩話續編本
七言三昧舉隅　清翁方綱撰　上海古籍出版社清詩話本
石洲詩話　清翁方綱撰　人民文學出版社一九八一年版
雨村詞話　清李調元撰　中華書局詞話叢編本
宋詩略　清汪景龍、姚壎編　清乾隆庚寅竹雨山房刻本
樹經堂詩集　清謝啟昆撰　清嘉慶七年刻本
南江扎記　清邵晉涵撰　清嘉慶八年邵氏面水層軒刻本
静居緒言　清闕名撰　上海古籍出版社清詩話續編本
孫氏祠堂書目　清孫星衍撰　岱南閣叢書本
梅邊吹笛譜　清凌廷堪撰　粵雅堂叢書本
自怡軒詞選　清許寶善選評　清嘉慶元年刻本
雕菰樓詞話　清焦循撰　中華書局詞話叢編本
蘇文忠公詩編注集成總案　清王文誥撰　清嘉慶二十三年刻本
靈芬館詞話　清郭麐撰　清嘉慶丁卯刻本
詞綜偶評　清許昂霄撰　中華書局詞話叢編本
昭昧詹言　清方東樹撰　人民文學出版社一九六二年版

通藝閣詩録　清姚椿撰　清刊本
介存齋論詞雜著　清周濟撰　人民文學出版社一九五九年版
濟寧直隸州志　清王道亨等撰　清乾隆五十年刻本
平書　清秦篤輝撰　湖北叢書本
詞苑萃編　清馮金伯撰　中華書局詞話叢編本
左庵詞話　清李佳撰　中華書局詞話叢編本
晁氏叢書　清晁貽端編　清道光十年待學樓刻本
鉅野縣志　清黄維翰等撰　清道光二十年刊本
東湖叢記　清蔣光煦撰　雲自在龕叢書本
濟南府志　清王贈芳等撰　清道光二十年刊本
詞學集成　清江順詒撰　中華書局詞話叢編本
養一齋詩話　清潘德輿撰　上海古籍出版社清詩話續編本
揚州府志　清姚文田等撰　清嘉慶十五年刻本
讀山谷詩評　清黄爵滋撰　遜敏堂叢書本
求闕齋讀書録　清曾國藩撰　清同治刊本
郘亭知見傳本書目　清莫友芝撰　清宣統元年刊本

藝概　清劉熙載撰　上海古籍出版社一九七八年版
金鄉縣志　清李壘等撰　清同治元年刻本
湖州府志　清周學濬等撰　清同治十三年刻本
味静齋集　清徐嘉撰　中華書局倣宋排印本
越縵堂讀書記　清李慈銘撰　商務印書館一九五九年版
越縵堂詩話　清李慈銘撰　商務印書館一九二六年版
善本書室藏書記　清丁丙撰　清光緒辛丑刊本
儀顧堂集　清陸心源撰　清光緒戊戌刻本
元祐黨人傳　清陸心源撰　清光緒甲申刻本
澗于日記　清張佩綸撰　豐潤澗于草堂張氏石印本
蘇州府志　清馮桂芬等撰　清光緒九年刊本
鐵琴銅劍樓藏書目録　清瞿鏞撰　常熟瞿氏罟里家塾本
增訂四庫簡明目録標注　清邵懿辰、邵章撰　上海古籍出版社一九五九年版
蒿庵論詞　清馮煦撰　人民文學出版社一九五九年版
藝風堂文集　清繆荃孫撰　清光緒辛丑年校刊本
藝風藏書記　清繆荃孫撰　清光緒庚子年刊本

藝風堂友朋書札　清繆荃孫等撰　上海古籍出版社一九八一年版
蓼園詞評　清黄氏撰　中華書局詞話叢編本
歲寒居詞話　清胡薇元撰　中華書局詞話叢編本
詞徵　清張德瀛撰　閣樓叢書本
海日樓札叢　清沈曾植撰　中華書局一九六二年版
老生常談　清延君壽撰　上海古籍出版社清詩話續編本
春覺齋論文　清林紓撰　人民文學出版社一九六二年版
詞壇叢話　清陳廷焯撰　中華書局詞話叢編本
白雨齋詞話　清陳廷焯撰　人民文學出版社一九五九年版
詞則　清陳廷焯選評　上海古籍出版社一九八四年版
宋詩精華録　清陳衍撰　商務印書館一九三七年版
石遺室詩文集　清陳衍撰　石遺室叢書本
四庫全書總目提要補正　清胡玉縉撰　中華書局一九六四年版
蕙風詞話　清況周頤撰　人民文學出版社一九六〇年版
横州志　清謝鍾齡、施獻璜等撰　清光緒己亥據乾隆十一年本補刻
木樨軒藏書題記及書録　清李盛鐸撰　北京大學出版社一九八五年版

書林清話　清葉德輝撰　中華書局一九五七年版
涵芬樓燼餘書録　張元濟撰　商務印書館一九五一年版
藏園羣書經眼録　傅增湘撰　中華書局一九八三年版
人間詞話　王國維撰　人民文學出版社一九六〇年版
余嘉錫論學雜著　余嘉錫撰　中華書局一九六三年版
校輯宋金元人詞　趙萬里撰　民國二十年中央研究院歷史語言研究所刊印
五十萬卷樓藏書目録初編　莫伯驥撰　民國二十年刊本
宋集珍本叢刊　四川大學古籍研究所編輯　綫裝書局出版